LUIZ GAMA: ANTOLOGIA

Enid Yatsuda Frederico e
Cláudia de Arruda Campos (orgs.)

LUIZ GAMA:
ANTOLOGIA

1ª edição

EXPRESSÃO POPULAR

São Paulo – 2021

Produção editorial: *Lia Urbini*
Revisão: *Dulcineia Pavan, Lia Urbini, Luíza Trocolli e Aline Piva*
Projeto gráfico: *ZAP Design*
Capa e diagramação: *Gustavo Motta*
Impressão e acabamento: *Gráfica Paym*

Dados Internacionais de Catalogação-na-Publicação (CIP)

Gama, Luiz, 1830-1882

G184a Antologia / Luiz Gama ; Organizadoras: Enid Yatsuda Frederico e Cláudia de Arruda Campos.--1.ed.-- São Paulo: Expressão Popular, 2021.

128 p.

ISBN 978-65-5891-040-4

1. Literatura brasileira – Poesia. 2. Poesia brasileira. I. Frederico, Enid Yatsuda. II. Campos, Claudia de Arruda. III. Título.

CDU 869-0(81)-1
CDD B869.1

Catalogação na Publicação: Eliane M. S. Jovanovich CRB 9/1250

1ª edição: outubro de 2021
3ª reimpressão: maio de 2025

EDITORA EXPRESSÃO POPULAR
Alameda Nothmann, 806 – Campos Elíseos
CEP 01216-001 – São Paulo – SP
livraria@expressaopopular.com.br
www.expressaopopular.com.br
ed.expressaopopular
editoraexpressaopopular

SUMÁRIO

NOTA EDITORIAL

Ultimamente o nome de Luiz Gama tem sido muito lembrado, dadas as circunstâncias que reavivaram a convicção da existência de um racismo profundo, não só em países tradicionalmente segregacionistas, mas também naqueles que eram tidos como modelos de democracia racial, como é o nosso caso.

Depois de um longo período de esquecimento, Luiz Gama finalmente é reconhecido como um talentoso advogado, jornalista e escritor que lutou incessantemente na defesa dos escravizados. Recentemente foi distinguido com honrarias que fez por merecer: em 2015, a Ordem dos Advogados do Brasil (OAB) o reconheceu como advogado (era "advogado provisionado", rábula, ou seja, não se bacharelou, mas obteve licença para exercer a postulação em juízo); em 2017, a Faculdade de Direito da USP, a do Largo de S. Francisco, batizou uma das salas com o seu nome (tradicionalmente apenas professores eméritos e catedráticos da universidade tinham esse direito); e, agora, em 2021, a USP lhe outorgou o título de Doutor *Honoris Causa*. Mas é preciso ressaltar que os mais simples identificaram o seu valor bem antes: o seu enterro, em 24/08/1882, em São Paulo, segundo os jornais da época, foi o mais concorrido até então, tendo o féretro sido passado de mão em mão, num cortejo vindo do Brás, onde morava, até o cemitério da Consolação, onde foi enterrado.

Serviu-nos de diretriz, apontando os caminhos a serem seguidos, a pesquisa minuciosa de Lígia Fonseca Ferreira, a quem agradecemos, efetivada na publicação de *Lições de resistência* (São Paulo: Edições Sesc, 2020).

Os textos foram atualizados segundo o Acordo Ortográfico da Língua Portuguesa de 1990. Quanto à pontuação, ainda que muitas vezes a colocação de vírgula e ponto e vírgula fosse facultativa, optamos sempre por aquela que trouxesse maior clareza ao texto. Esse trabalho meticuloso foi realizado pela Profa. Nanami Sato, a quem firmamos nossa gratidão.

O extenso glossário tornou-se necessário por se tratar de textos antigos, com vocabulário quase em desuso. Preferimos dispor o seu significado no texto em forma de nota de rodapé, para evitar o excessivo folheio do livro, deixando ao leitor a escolha de consultá-lo ou não.

As organizadoras

LER – COMPARTILHAR

Cláudia de Arruda Campos

Uma pessoa, um livro, o silêncio – esta é uma imagem clássica da leitura. Há séculos nossos olhos percorrem os textos sem que externamente nenhum som se manifeste. Mas no íntimo de quem lê, e no entorno da leitura, muitas vozes sussurram. A primeira, de natureza física, é a do próprio leitor, que ouve internamente aquilo que lê em aparente silêncio.

Outras vozes, cuja presença nem sempre percebemos durante a leitura, são aquelas do diálogo constante entre o que diz o texto e as experiências do leitor: experiências de vida e de leitura. Se essa conversa falha ou empaca, empaca a leitura. Ou desistimos imediatamente do texto, achando que ele nada tem a ver com a gente, ou nos interrogamos: o que isso quer dizer? Se a dúvida for de alguma forma resolvida, se encontramos a ponte entre a informação nova e aquilo que somos ou aquilo que já sabemos, o contato prossegue.

Mais vozes: aquelas que nos levaram a determinado texto. Chegamos a uma obra por alguma referência: alguém nos falou dela; tínhamos lido algo a seu respeito, a respeito do autor, do tema, do personagem, do contexto cultural, histórico;

ou apenas havíamos dado uma passada de olhos em algum trecho, ou na capa, e fomos chamados para dentro do livro.

Muitas vezes, leitura feita, a nossa voz se externa: temos o desejo de comentar com alguém. Como a pedra jogada na água, os círculos se expandem, ondas de vozes, levando e trazendo novas leituras.

Promover leitura passa por ajudar a perceber essas vozes e colocá-las em ação. Para isso pode haver bons exercícios, mas nada que supere nem dispense a única "técnica" imprescindível – o compartilhar. E esse compartilhamento pode se dar de várias formas, do comentário e sugestão de leituras até o ler com, ler junto, e mesmo o ler para alguém se, por algum motivo, essa pessoa não pode decifrar a letra ou as vozes do texto.

Ler com. Algumas imagens de leitura, que não a do isolamento, aparecem em quadros e gravuras antigas: duas pessoas leem juntas o mesmo livro. E essas imagens não passam a ideia de compartilhamento forçado, mas de calorosa intimidade. Duas ou mais pessoas lendo o mesmo texto, ainda que cada uma tenha seu próprio exemplar em mãos, parece esbater a frieza ou insegurança de que alguns se ressentem na leitura inteiramente individualizada. Ler, interromper, comentar, perguntar, rir ou se emocionar em companhia podem ser meios estimulantes para o melhor aproveitamento, seja de um texto envolvente, seja de um texto que requisite maior esforço.

Ler para. Outras imagens reforçam a ideia de compartilhamento: um adulto lê, ou conta histórias para a criança pequena; um círculo de pessoas, olhos e ouvidos ávidos dirigidos a um contador de histórias. As duas situações relacionam-se, geralmente, a estágios em que não se tem ainda acesso aos mistérios da escrita e nos quais a transmissão tem que se fazer pela oralidade. Embora presas a um tempo superado, ou a ser superado para se chegar à leitura, essas situações têm alguma coisa a nos sugerir. O encantamento do ouvir pode, em certas situações, estimular o ler. Explica-se: a história narrada, o poema declamado, o discurso proferido, a aula, todas essas modalidades baseadas na comunicação oral, permitem que se vá processando a apropriação de formas, estruturas, tons, o reconhecimento de assuntos e gêneros. Isso é importante para que o leitor (ou futuro leitor) vá adquirindo segurança, sentindo-se pisar num terreno que não é inteiramente desconhecido. Daí talvez o fato de que a leitura em voz alta permita uma maior compreensão de um trecho mais difícil. O som das palavras nos torna familiar aquele mundo que nos é transmitido.

Qualquer das vozes que acompanham a leitura só se fixa em nós se a ouvimos e distinguimos verdadeiramente. Isso demanda tempo e atenção, que são sempre variáveis: cada leitor, assim como cada texto, tem um ritmo próprio. Promover leitura entendendo-a como um compartilhamento pressupõe o respeito pelos ritmos e a aceitação dos vários movimentos que ocorrem nessa prática, tais como divagar e voltar ao texto; perguntar-se e resolver; voltar atrás e reler; interromper e continuar.

PREFÁCIO

Sílvio Roberto dos Santos Oliveira[1]

Este livro que chega às mãos do leitor reúne textos originais publicados em jornais da época (ou posteriormente, como é o caso da Carta dirigida a Lúcio de Mendonça) e poemas constantes da segunda edição das *Trovas Burlescas de Getulino*, de 1861 – à exceção de "Meus amores" –, como foi estampada na revista *Diabo Coxo*, de 3 de setembro de 1865. Esta boa lembrança da revista assinala como Luiz Gama, enquanto abolicionista, participou de variadas formas de expressão escrita e conviveu com outras formas de expressão e arte, como desenhos, charges e caricaturas, em sua maioria elaboradas por aquele que é considerado um dos precursores dos quadrinhos no Brasil, Angelo Agostini. Ao lado deste e de outros importantes colaboradores, tal como o advogado e jornalista Américo de Campos, fundou a citada revista em 1864 e outra igualmente importante, *O Cabrião*, dois anos depois.

Ativo e inquieto, sua energia voltou-se às lides com as quais se envolveu, mas ainda encontrando tempo para as ações intelectuais, basilares, complementares ou suple-

[1] Prof. titular de Literatura Brasileira (Universidade do Estado da Bahia).

mentares. A voz que ressoa nos textos, e que se amplia em nossos imaginários, revela-nos um sujeito cuja oralidade arrebatava os ouvintes. Penso que outra porção da oralidade, enquanto tradição, tenha enriquecido a memória e significativa parcela de vocabulário e imagens evocadas por Gama em seus textos.

Neste livro estão alguns artigos, cartas e poemas que ainda desacomodam os leitores, pois os textos do sábio advogado delineiam, em separado e em conjunto, uma personalidade forte e indignada com as injustiças. Seja na literatura ou na verve advocatícia, ali está o homem corajoso e incansável.

Luiz Gama era "um certo tipo de homem", como o definiu João Romão da Silva (em *Luís Gama e suas poesias satíricas*, de 1944), tratando-o enquanto um emblema abolicionista, tanto quanto foi um poeta satírico (como salientou Arlindo Veiga dos Santos em *A lírica de Luís Gama*, no mesmo ano de 1944).

Gama foi um homem especial e um poeta inovador: um defensor da justiça em seu máximo sentido, da liberdade acima de tudo, mas alicerçado em uma ética e princípios elevadíssimos, como bem nos salienta sob seu agudo e incansável olhar no século XXI a profa. Lígia Fonseca Ferreira, esta que, sem dúvida, desvela cada vez mais todo o semblante desse Grande Cidadão, um epíteto por muitos utilizado e que a ele cabe muito bem; como foi também, sem que uma faceta venha a alijar a outra, um poeta que antecipou um tipo de visão de recusa e de ancestralidade presente na escrita negra contemporânea.

Luiz Gama, justamente ressaltado nos últimos anos, notadamente na área do Direito, é exemplo não só para a área jurídica, como vemos, mas também literária. Obviamente, acompanha-nos com ele o seu ideário moral, ético, de denodo, de perseverança, de irritação com as iniquidades, que a sua história pessoal nos salienta.

Apresentado em artigo do amigo Lúcio de Mendonça (em 1881) como filho da insubmissa Luiza Mahin (o artigo fundamentou-se na carta, endereçada ao amigo em 1880, que aqui na edição vai reproduzida), a imagem de Gama, como um sujeito aguerrido e inquieto, herdeiro da coragem da mãe, sedimentou-se.

Nascido na Bahia em 1830, conforme seu depoimento, vendido aos dez anos como *escravo* (termo compreensivelmente por ele utilizado) a um traficante pelo próprio pai, e sem notícias da mãe rebelde, misteriosamente desaparecida ou fugida, a quem nos diz ter integrado a insurreição dos malês em Salvador no ano de 1835, tem já na infância essa marca trágica assinalada.

Sem nunca se conformar à ilídima situação em que foi enredado, não adquirido por nenhum comprador, foi conduzido à casa do alferes e escravocrata Antônio Pereira Cardoso, em Lorena, município paulista. Não parece haver dúvidas de que por lá ficou trabalhando até 1847. E ainda por lá, segundo suas informações, aprendeu a ler com o auxílio e afeição do então jovem Antônio Rodrigues do Prado Júnior. Aos 18, após conseguir provas inconcussas de ser livre, sai da casa do alferes, depois tornando-se militar, é expulso por insubordinação, exerce função pública, faz versos e, como "advogado provisionado", aquele que estudou fora dos bancos da Faculdade de Direito, defende e liberta mais de 500 escravizados. Somente em 2015 Luiz Gama finalmente foi inscrito na OAB, em homenagem póstuma, reafirmando o seu nome como um dos maiores da área no Brasil, em todos os tempos, e certamente aquele cuja história e inteligência faz avultar de maneira esplendorosa valores jurídicos, da ética e da moral.

Como advogado, destemido, sempre imprimiu notas de coragem às suas falas e escritos, como na carta constante desta antologia ("Ao muito ilustre e honrado Sr. Comendador José Vergueiro") em que assinala: "O homem que escraviza outro homem sobrepuja o assassino: é um fratricida abominável".

Luiz Gama foi brilhante advogado e, cabe frisar, estupendo poeta. Esta última nota pode parecer exagerada, mas não é, apesar de que, obviamente houve outros poetas que mais produziram, que mais livros publicaram. É preciso respeitar a presença fulgurante, como exemplo, um pouco depois advinda, de João da Cruz e Souza, outro poeta negro, certamente um enorme representante da poesia brasileira. Luiz Gama também o digo grande, em que pese seu único livro e os poemas esparsos em revistas. Nas suas produções, acentua a saliente voz negra diante do mundo, adota o humor como instrumento de reversão do olhar crítico, algo que inclui a sátira, mas também uma espécie de "humor homenagem", além da "lírica com gracejo" apontada por Arlindo Veiga Santos. Tal qual no poema *Prótase:*

> Sobre as abas sentado do Parnaso,
> Pois que subir não pude ao alto cume,
> Qual pobre, de um Mosteiro à Portaria,
> De trovas fabriquei este volume.

Sobre a voz negra, como bem já disseram vários estudiosos e estudiosas (Domício Proença Filho, Zilá Bernd, Florentina Souza, Eduardo de Assis Duarte, pesquisadores/as, e poetas como Manuel Bandeira, José Carlos Limeira, Landê Onawale, dentre inúmeros), a voz de Luiz Gama é certamente uma das precursoras. Cabe mais uma vez destacar a fundamental edição de *Primeiras Trovas Burlescas e Outros Poemas de Luiz Gama* (publicada no ano 2000), organizada pela profa. Lígia Fonseca Ferreira.

Esse nome, Luiz Gama, filiado a uma linha de insatisfação social e racial, mas de gozo literário também, ressalvo, representa muito para todos os amantes da justiça e das lides democráticas, que, como ele, lutam por "todos os pobres, todos os infelizes".

Bem faz encontrarmos neste livro um recorte significativo de seus artigos a respeito dos direitos à liberdade e um outro recorte com poemas que traduzem seus desconcertantes temas literários. Esses recortes, em linguagens diversas, mas não tão distantes, confessam os interesses principais de Luiz Gama.

Ele foi um homem, tornou-se emblema humanitário, acenou a um sentimento de coletividade, pois foi incapaz de sentir-se pleno em um mundo eivado de leviandades. A sua memória permanece enquanto convocação de esperança. É imprescindível disseminar o pensamento de Gama e seu firme ideal de justiça.

Esse ideal se conjuga e se traduz, como já foi dito, em seus escritos gerais, seja nos artigos e cartas, seja nos versos. A seguir, indico breves modelos dessa conjugação do ideal nos versos do poema "Que mundo é este?" e no trecho do artigo "Emancipação ao pé da letra". Peço que o leitor fique atento tanto aos versos "Vejo o livre feito escravo/Pelas *leis* da prepotência" tanto quanto à frase "ainda hoje, tenho o vezo da arte", que exprimem a meu ver como as linhas de prosa crítica conversavam com as linhas poéticas na produção de Luiz Gama. Talvez essas poucas linhas, embora extraídas de seus contextos, possam indicar que as formas adotadas serviam à mesma missão: desmontar a iniquidade.

> Que mundo? que mundo é este?
> Do fundo seio d'est'alma
> Eu vejo... que fria calma

Dos humanos na fereza[2]!
Vejo o livre feito escravo
Pelas *leis* da prepotência;
Vejo a riqueza em demência
Postergando a natureza

(poema "Que mundo é este?")

Ao positivismo da macia escravidão eu anteponho o das revoluções da liberdade; quero ser louco como John Brown[3] e como Espártaco[4], como Lincoln[5], como Jesus; detesto, porém, a calma farisaica[6] de Pilatos.

Fui, em outros tempos, quando ponteava rimas, fabricante de sátiras, em forma de carapuças[7], e ainda hoje, tenho o vezo[8] da arte.

(Artigo "Emancipação ao pé da letra", de 1880)

Nesta edição, o leitor encontrará integralmente os textos mencionados neste prefácio.

Como foi dito, quem já conhece ou quem está a conhecer Luiz Gama encontrará neste livro recortes do pensamento de um grande cidadão em duas formas, prosa (de cartas e artigos, como a fundamental Carta a Lúcio de Mendonça)

---

2 Fereza – ferocidade, crueldade.

3 John Brown (1850-1859) – abolicionista convicto americano que, na década de 1850, defendeu e praticou ações armadas com o objetivo de abolir a escravatura. Morreu enforcado.

4 Espártaco (109 a.C.-71 a.C.) – gladiador que liderou 40 mil escravizados na Roma Antiga.

5 Lincoln (1809-1865) – hábil político, 16º presidente dos Estados Unidos da América, enfrentou a guerra de secessão e aboliu a escravidão. Morreu assassinado em 1865.

6 Farisaica – hipócrita.

7 Carapuças – alusões indiretas, frequentemente críticas ou perversas.

8 Vezo – hábito.

e poesia (da segunda edição das *Primeiras Trovas Burlescas de Getulino* e o "Meus amores", como apresentado na revista *Diabo Coxo*).

Esta reunião de artigos e poemas é, assim, um convite ao movimento das liberdades, à luta por dias melhores, à busca de justiça, de alimento para todos, da erradicação da pobreza, das explorações. Considero muito propícia nos tempos atuais uma publicação que faz revigorar o semblante de Luiz Gama, um exemplo ímpar de brasileiro.

CARTA A LÚCIO DE MENDONÇA[1]

São Paulo, 25 de julho de 1880

Meu caro Lúcio,

Recebi o teu cartão com a data de 28 do pretérito.

Não me posso negar ao teu pedido, porque antes quero ser acoimado[2] de ridículo, em razão de referir verdades pueris, que me dizem respeito, do que vaidoso e fátuo[3], por as ocultar, de envergonhado: aí tens os apontamentos que me pedes, e que sempre eu os trouxe de memória.

Nasci na cidade de S. Salvador, capital da província da Bahia, em um sobrado da Rua do Bângala, formando ângulo interno, na quebrada, lado direito de quem parte do adro da Palma, na Freguesia de Sant'Ana, a 21 de junho de 1830, pelas 7 horas da manhã, e fui batizado, 8 anos depois, na Igreja Matriz do Sacramento, da cidade de Itaparica.

---

1 Lúcio de Mendonça (1854-1909) – advogado, jornalista, magistrado e escritor; foi o idealizador da Academia Brasileira de Letras.

2 Acoimado – tachado.

3 Fátuo – presunçoso.

Sou filho natural de uma negra, africana livre, da Costa Mina (Nagô de Nação), de nome Luíza Mahin, pagã, que sempre recusou o batismo e a doutrina cristã.

Minha mãe era baixa de estatura, magra, bonita, a cor era de um preto retinto e sem lustro, tinha os dentes alvíssimos como a neve; era muito altiva, geniosa, insofrida[4] e vingativa.

Dava-se ao comércio – era quitandeira muito laboriosa, e mais de uma vez, na Bahia, foi presa como suspeita de envolver-se em planos de insurreições de escravos que não tiveram efeito.

Era dotada de atividade. Em 1837, depois da Revolução do dr. Sabino[5] na Bahia, veio ela ao Rio de Janeiro e nunca mais voltou. Procurei-a em 1847, em 1856, em 1861, na corte, sem que a pudesse encontrar. Em 1862, soube, por uns pretos-minas[6], que conheciam-na e que deram-me sinais certos [de] que ela, acompanhada com malungos[7] desordeiros, em uma "casa de dar fortuna"[8], em 1838, fora posta em prisão; e que tanto ela como os seus companheiros desapareceram. Era opinião dos meus informantes que esses "amotinados" fossem mandados para fora pelo governo, que, nesse tempo, tratava rigorosamente os africanos livres, tidos como provocadores.

Nada mais pude alcançar a respeito dela. Nesse ano, 1861, voltando a São Paulo e estando em comissão do governo, na

---

[4] Insofrida – irrequieta.

[5] Revolução do Dr. Sabino – conhecida por Sabinada (06/11/1837 a 16/03/1838): revolta de caráter separatista, tendo como um dos líderes o médico e jornalista Francisco Sabino. Propunham a existência de uma República Bahiense, de caráter transitório até que o Imperador D. Pedro II alcançasse a maioridade.

[6] Pretos-minas – africanos da costa da Guiné.

[7] Malungos – modo como os africanos vindos numa mesma embarcação se tratavam uns aos outros, companheiros.

[8] Casa de dar fortuna – espécie de terreiro de candomblé.

vila de Caçapava, dediquei-lhe os versos que com esta carta envio-te.[9]

Meu pai, não ouso afirmar que fosse branco, porque tais afirmativas, neste país, constituem grave perigo perante a verdade, no que concerne à melindrosa presunção das cores humanas: era fidalgo e pertencia a uma das principais famílias da Bahia de origem portuguesa. Devo poupar à sua infeliz memória uma injúria dolorosa e o faço ocultando o seu nome.

Ele foi rico e, nesse tempo, muito extremoso para mim: criou-me em seus braços. Foi revolucionário em 1837.[10] Era apaixonado pela diversão da pesca e da caça, muito apreciador de bons cavalos; jogava bem as armas e muito melhor o baralho, amava as súcias[11] e os divertimentos; esbanjou uma boa herança obtida de uma tia em 1836 e, reduzido à pobreza extrema, a 10 de novembro de 1840, em companhia de Luiz Cândido Quintela, seu amigo inseparável e hospedeiro, que vivia dos proventos de uma casa de tavolagem,[12] na cidade da Bahia, estabelecida em um sobrado de quina, ao largo da praça, vendeu-me, como seu escravo, a bordo do patacho[13] "Saraiva".

Remetido para o Rio de Janeiro, nesse mesmo navio, dias depois que partiu carregado de escravos, fui, com muitos outros, para a casa de um cerieiro[14] português de nome Vieira, dono de uma loja de velas, à Rua da Candelária, canto da do Sabão. Era um negociante de estatura baixa, circunspecto e enérgico, que recebia escravos da Bahia, à comissão. Tinha

---

[9] Referência ao poema "Minha mãe", constante desta antologia.

[10] Referência à Sabinada, ver nota 5.

[11] Súcias – festas, reuniões.

[12] Casa de tavolagem – casa de jogos.

[13] Patacho – tipo de embarcação.

[14] Cerieiro – que trabalha com ou comercializa cera.

um filho aperaltado, que estudava em colégio, e creio que três filhas já crescidas, muito bondosas, muito meigas e muito compassivas, principalmente a mais velha. A senhora Vieira era uma perfeita matrona: exemplo de candura e piedade. Tinha eu 10 anos. Ela e as filhas afeiçoaram-se de mim imediatamente. Eram cinco horas da tarde quando entrei em sua casa. Mandaram lavar-me; vestiram-me uma camisa e uma saia da filha mais nova, deram-me de cear e mandaram-me dormir com uma mulata de nome Felícia, que era mucama da casa.

Sempre que me lembro desta boa senhora e de suas filhas, vêm-me as lágrimas aos olhos, porque tenho saudades do amor e dos cuidados com que me afagaram por alguns dias.

Dali saí derramando copioso pranto, e também todas elas sentidas de me verem partir.

Oh! Eu tenho lances doridos[15] em minha vida, que valem mais do que as lendas sentidas da vida amargurada dos mártires.

Nesta casa, em dezembro de 1840, fui vendido ao negociante e contrabandista alferes Antônio Pereira Cardoso, o mesmo que, há uns oito ou dez anos, sendo fazendeiro no município de Lorena nesta província, no ato de o prenderem por ter morto alguns escravos à fome, em cárcere privado, e já com idade maior de 60 a 70 anos, suicidou-se com um tiro de pistola, cuja bala atravessou-lhe o crânio.

Este alferes Antônio Pereira Cardoso comprou-me em um lote de cento e tantos escravos e trouxe-nos a todos, pois era este o seu negócio, para vender nesta província.

Como já disse, tinha eu apenas dez anos e, a pé, fiz toda a viagem de Santos até Campinas.

---

15 Doridos – doloridos

Fui escolhido por muitos compradores, nesta cidade, em Jundiaí e Campinas, e por todos repelido, como se repelem coisas ruins, pelo simples fato de ser eu "baiano".

Valeu-me a pecha[16]!

O último recusante foi o venerando e simpático ancião Francisco Egídio de Sousa Aranha, pai do exmo. conde de Três Rios,[17] meu respeitável amigo.

Este, depois de haver-me escolhido, afagando-me, disse:

— Hás de ser um bom pajem para os meus meninos; dize-me: onde nasceste?

— Na Bahia, respondi eu.

— Baiano? - exclamou admirado o excelente velho. — Nem de graça o quero. Já não foi por bom que o venderam tão pequeno.

Repelido como "refugo"[18], com outro escravo da Bahia, de nome José, sapateiro, voltei para casa do sr. Cardoso, nesta cidade, à Rua do Comércio n. 2, sobrado, perto da Igreja da Misericórdia.

Aí aprendi a copeiro, a sapateiro, a lavar e a engomar roupa e a costurar.

Em 1847, contava eu 17 anos, quando para casa do sr. Cardoso veio morar, como hóspede, para estudar humanidades, tendo deixado a cidade de Campinas, onde morava, o menino Antônio Rodrigues do Prado Júnior, hoje doutor em direito, ex-magistrado de elevados méritos e residente em Mogi Guaçu, onde é fazendeiro.

Fizemos amizade íntima, de irmãos diletos, e ele começou a ensinar-me as primeiras letras.

---

16 Pecha – imperfeição.

17 Conde de Três Rios – Joaquim Egídio de Sousa Aranha (1821-1893): riquíssimo proprietário rural, cafeicultor e político.

18 Refugo – o que foi posto de lado, resto.

Em 1848, sabendo eu ler e contar alguma coisa, e tendo obtido ardilosa e secretamente provas inconcussas[19] de minha liberdade, retirei-me, fugindo, da casa do alferes Antônio Pereira Cardoso, que aliás votava-me a maior estima, e fui assentar praça.[20] Servi até 1854, seis anos; cheguei a cabo de esquadra graduado e tive baixa de serviço, depois de responder a conselho por ato de suposta insubordinação, quando tinha-me limitado a ameaçar um oficial insolente, que me havia insultado e que soube conter-se.

Estive, então, preso 39 dias, de 1º de julho a 9 de agosto. Passava os dias lendo e às noites sofria de insônias, e, de contínuo, tinha diante dos olhos a imagem de minha querida mãe. Uma noite, eram mais de duas horas, eu dormitava e, em sonho, vi que a levavam presa. Pareceu-me ouvi-la distintamente que chamava por mim.

Dei um grito, espavorido saltei da tarimba[21]; os companheiros alvorotaram-se[22]; corri à grade, enfiei a cabeça pelo xadrez.

Era solitário e silencioso e longo e lôbrego[23] o corredor da prisão, mal alumiado pela luz amarelenta de enfumarada lanterna.

Voltei para a minha tarimba, narrei a ocorrência aos curiosos colegas; eles narraram-me também fatos semelhantes; eu caí em nostalgia, chorei e dormi.

Durante o meu tempo de praça, nas horas vagas, fiz-me copista; escrevia para o escritório do escrivão, major Benedito Antônio Coelho Neto, que tornou-se meu amigo e que hoje, pelo seu merecimento, desempenha o cargo de oficial-

---

[19] Inconcussas – incontestáveis.

[20] Assentar praça – alistar-se em alguma corporação militar.

[21] Tarimba – cama dura em que dormem os soldados nos quartéis.

[22] Alvorotaram – mesmo que "alvoroçaram", agitaram.

[23] Lôbrego – escuro, sombrio.

-maior da Secretaria do Governo e, como amanuense[24], no gabinete do exmo. sr. conselheiro Francisco Maria de Sousa Furtado de Mendonça, que aqui exerceu, por muitos anos, com aplausos e admiração do público em geral, altos cargos na administração, polícia e judicatura, e que é catedrático da Faculdade de Direito, fui eu seu ordenança[25]; por meu caráter, por minha atividade e por meu comportamento, conquistei a sua estima e a sua proteção e as boas lições de letras e de civismo, que conservo com orgulho.

Em 1856, depois de haver servido como escrivão perante diversas autoridades policiais, fui nomeado amanuense da Secretaria de Polícia, onde servi até 1868,[26] época em que "por turbulento e sedicioso"[27] fui demitido "a bem do serviço público", pelos conservadores, que então haviam subido ao poder. A portaria de demissão foi lavrada pelo dr. Antônio Manuel dos Reis, meu particular amigo, então secretário da polícia, e assinada pelo exmo. dr. Vicente Ferreira da Silva Bueno, que, por este e outros atos semelhantes, foi nomeado desembargador da relação da corte.

A turbulência consistia em fazer eu parte do Partido Liberal e, pela imprensa e pelas urnas, pugnar pela vitória de minhas e suas ideias; e promover processos em favor de pessoas livres criminosamente escravizadas; e auxiliar licitamente, na medida de meus esforços, alforrias de escravos, porque detesto o cativeiro e todos os senhores, principalmente os reis.

Desde que fiz-me soldado, comecei a ser homem: porque até os 10 anos fui criança; dos 10 anos aos 18, fui soldado.

---

[24] Amanuense – escrevente, copista.

[25] Ordenança – soldado às ordens de uma repartição ou a serviço pessoal de uma autoridade militar.

[26] Observa Lígia Fonseca Ferreira que a demissão se deu, de fato, em 1869.

[27] Sedicioso – insubordinado.

Agora chego ao período em que, meu caro Lúcio, nos encontramos no *Ipiranga*[28], à Rua do Carmo, tu como tipógrafo, poeta, tradutor e folhetinista principiante; eu como simples aprendiz-compositor[29] de onde saí para o foro e para a tribuna, onde ganho o pão para mim e para os meus, que são todos os pobres, todos os infelizes, e para os míseros escravos, que, em número superior a 500, tenho arrancado às garras do crime.

Eis o que te posso dizer, às pressas, sem importância e sem valor; menos para ti, que me estimas deveras.

Teu Luiz

---

[28] *Ipiranga* – jornal do centro liberal de São Paulo, que tinha como diretor e proprietário Salvador de Mendonça, irmão de Lúcio de Mendonça.

[29] Compositor – tipógrafo.

CARTA AO MUI ILUSTRE E HONRADO SR. COMENDADOR JOSÉ VERGUEIRO[30]

A melhor forma de governo é a que ensina aos homens a governarem-se.

Schiller[31]

Não há circunstância em que se possa justificar a escravidão

Cons. Bastos[32]

A organização de uma sociedade democrática, na importante cidade de Limeira, e a escolha feita da pessoa tão notável como V.Sª, para seu presidente, é fato duplamente memorável, do que devem glorificar-se os verdadeiros patriotas.

Eu, por meu turno, se bem que o mais obscuro dentre todos, venho, de minha parte, render solenemente um preito de homenagem, saudando com transporte[33] os novos Trasíbulos[34], no sincero aperto de mão que a V.Sª envio.

---

30 José Vergueiro – referência a José Pereira de Campos Vergueiro (1812-1894), filho do Senador Nicolau Pereira de Campos Vergueiro, responsável pela reforma da estrada que ligava S. Paulo a Santos.

31 Schiller – referência a Friedrich Schiller (1759-1805), grande poeta, dramaturgo, historiador e filósofo alemão.

32 Cons. Bastos – referência a José Tavares Bastos (1813-1893). Político alagoano, exerceu diversos cargos, tendo sido inclusive presidente da província de S. Paulo.

33 Transporte – entusiasmo.

34 Trasíbulos – democráticos. Referência a Trasíbulo (440 a.C.-388 a.C), general e político ateniense, líder da facção democrática contra um golpe de Estado oligárquico em Atenas.

No magnífico estandarte, hasteado com denodo[35] por V.Sª e seus arrojados conterrâneos, sobre as verdes colinas dessa memorável porção das plagas do Cruzeiro, está escrita a legenda sublime da regeneração e da igualdade humana: — Abaixo a escravidão!

Todos os homens são filhos de Deus, são irmãos, e um irmão não pode ser escravo de outro.

Essa é a verdadeira doutrina santamente pregada pelo Cristo.

Há, portanto, XIX séculos que, como iníqua[36], o Evangelho condenou a escravidão.

O homem que escraviza outro homem sobrepuja o assassino: é um fratricida abominável. É o que está escrito na religião do Crucificado e gravado na consciência dos homens honestos.

Prescreve-o a moral, e o direito o sanciona; apregoam-no os padres, cultores assalariados da religião do Estado; sabem-no, tanto como nós, os filantrópicos possuidores de escravos; só estes o ignoram! Se soubessem, as algemas e o látego[37] de há muito não estariam gravados nas páginas lúgubres da legislação deste Império.

Mas para que repetir inutilmente estas verdades edificantes, a que os surdos não atendem, porque não querem ouvi-las?

V.Sª e os honrados patriotas limeirenses conhecem-nas melhor do que eu: consola-me esta segurança inabalável.

Não serei eu, por certo, quem perderá o precioso tempo proclamando aos néscios[38] de conveniência.

---

[35] Denodo – ousadia, coragem.

[36] Iníqua – injusta.

[37] Látego – chicote, açoite.

[38] Néscios – ignorantes.

Para esses a virtude – é a fraude; o trabalho – a depredação; a moral – o crime; a liberdade – a força; e o direito – o poder de escravizar.

Dir-se-á que o Brasil transformou-se, por encantamento, em um vasto Monte Aventino[39], que habitamos a primitiva Roma, e que os salteadores e os assassinos fugitivos promulgam, sem rebuço[40], as delirantes aberrações de Draco.[41]

Quanto a mim, o farol da emancipação ergueu-se há muito das partes do Norte proceloso[42]; e sob os raios desse luzeiro inapagável, ao través da densidade dos séculos, repercutem as palavras inspiradas do profeta:

— Quem tiver olhos que os abra; quem estiver em trevas que se ilumine; porque os tempos de luz e da verdade se aproximam.[43]

Eu, porém, enquanto os sábios alquimistas meditam extáticos e preocupados sobre a descoberta maravilhosa da encantada pedra filosofal[44] — estabelecimento de democracia e emancipação da escravatura —, à face do país inteiro, às férreas portas dos Pilatos da justiça, no seio desta moderna Jerusalém, em nome de três milhões de vítimas, à semelhança dos antigos israelitas, gravarei nas ombreiras[45] dos parlamentos e dos tribunais subornados esta legenda terrível: — Nós temos leis!

---

39 Monte Aventino – tradicionalmente, o Monte Aventino, uma das sete colinas de Roma, é considerado a sede da plebe romana, contrariamente ao Palatino, que era dos patrícios.

40 Rebuço – disfarce.

41 Draco – referência a Drácon [650 a.C. (?) – 620 a.C. (?)], legislador ateniense, conhecido por seu rígido código punitivo.

42 Proceloso – tempestuoso.

43 Referente à Parábola do Semeador, Mateus, cap. 13, contida na Bíblia.

44 Pedra filosofal – substância lendária que poderia transformar qualquer metal inferior em ouro.

45 Ombreiras – portais.

São o tratado solene de 23 de novembro de 1826, a lei de 7 de novembro de 1831, o decreto de 12 de abril de 1832.

Por efeito destas salutares e vigentes disposições são livres, desde 1831, todos os escravos que entraram nos portos do Brasil, vindos de fora.

São livres! Repetiremos perante o país inteiro, enquanto a peita[46] e a degradação impunemente ousarem afirmar o contrário.

Observem-se restritamente as normas invariáveis da justiça; mantenham-se integralmente as prescrições legais; e cumpram os magistrados o seu árduo dever, que, dentro do prazo de um ano, ficará a escravatura no Brasil reduzida a menos de um terço.

Cumprida a lei uma única providência restará: a pronta emancipação dos escravos.

A emancipação pronta, e sem indenizações: ela importará a restituição generosa do que os nossos avós roubaram com usura.

O homem emergiu livre dos arcanos[47] da natureza; prepará-lo para a liberdade é um pretexto fútil e farisaico, um crime hediondo, que nós, os solertes[48] democratas, devemos repelir com indignação.

A nobilitação do escravo, e a proscrição[49] do senhor — eis o fato momentoso que nos impõe a moral e a civilização.

É este o meu pensamento relativamente a este gravíssimo assunto.

O contrato será o reinado pernicioso da hipocrisia, o predomínio da mentira sob as vestes da filantropia, o entrave

---

[46] Peita – suborno.

[47] Arcanos – mistérios.

[48] Solertes – espertos.

[49] Proscrição – interdição.

imposto à grandeza nacional, a noite perpétua da existência, o descalabro inevitável da democracia.

A nossa missão é progredir sempre; não tornemos atrás para meter peitos ao oneroso encargo dos erros do passado.

O brilhante programa adotado com firmeza pela Sociedade Democrática Limeirense é um mito.

A sublimidade dos mitos tem a sua existência na pureza das magnas concepções.

Há, entretanto, nesse programa dois erros enormes, dois absurdos inqualificáveis.

Vou referi-los com franqueza, sem faltar à consideração que devo a V.Sª e aos seus dignos colegas.

Lutadores incansáveis do presente, cidadãos altivos de um país libérrimo, que ainda não existe, mas que visamos com avidez por entre as nuvens tormentosas do futuro, mal cabem, entre nós, as reticências dúbias e a vulpina[50] simulação.

Digamos inteira verdade: espantemos, embora com a franqueza arrogante dos Cévolas[51], a covardia dos bifrontados[52] Sejanos[53]: nós, americanos, não nascemos para idolatrar Tibérios.[54]

É nossa missão iluminar o velho mundo; nossa almenara[55] é a liberdade.

---

[50] Vulpina – astuta.

[51] Cévolas – referência a Caio Múcio Cévola (? -480 a.C.), herói romano que teria inutilizado sua mão deixando-a assar ao fogo. Ao provar sua coragem e a dos demais romanos, evitou a conquista de Roma pelos etruscos.

[52] Bifrontados – que têm duas faces.

[53] Sejanos – referência a Lúcio Élio Sejano (20 a.C.-31 d.C.), braço direito de Tibério. Conspirou contra ele, tornando-se o governante de fato. Descoberto o plano, Tibério manda executá-lo.

[54] Tibérios – referência a Tibério Cláudio Nero César (42 a.C.-37 d.C.), segundo imperador romano. Governou entre 14 e 37 da Era Cristã.

[55] Almenara – farol.

O primeiro erro que venho de notar é a *democracia constitucional*. Este asserto[56] importa o bárbaro encarceramento da razão. Eliminai do vosso lábaro[57] sagrado esse adjetivo que o nodoa.

A democracia é a liberdade objetivada e tornada lei social; a liberdade é um ditame eterno e imutável promulgado por Deus. Limitá-la é uma heresia audaz e perigosa.

Semelhante limitação é uma arrojada rebeldia, e as rebeldias desta ordem produzem os Lusbéis.[58]

Não é dado ao homem restringir os decretos supremos da Divindade.

A democracia é o misterioso verbo da encarnação social, é a alma coletiva da humanidade; fora temerária insânia o pretender comprimi-la nas páginas humildes de uma Constituição. Ela encerra a palavra soberana do Criador: a sua idade é o eterno, tem por limites o infinito.

O segundo erro é *a emancipação gradual dos escravos*, dentro do *extraordinário prazo de trinta e dois anos*!

A prolongação lenta de uma agonia pungente; o sarcasmo do carrasco injuriando a santidade do martírio; o escárnio imundo estampado no topo do Calvário; Judas cantando sobranceiro, sobre o Gólgota[59], o poema devasso da venalidade, e ouvindo prazenteiro os ecos do Olivete[60] repetirem-lhe os cânticos.

Trinta e dois anos ainda de torturas, de usurpações e de misérias?!

---

[56] Asserto – opinião emitida como se fosse verdadeira.

[57] Lábaro – bandeira.

[58] Lusbéis – demônios.

[59] Gólgota – local de suplício.

[60] Olivete – Monte das Oliveiras.

Por Deus, democratas limeirenses, que as cabeças e as riquezas de todos os senhores não valem, na balança fatal dos sacrifícios, os gemidos de um só escravo, por tempo tão dilatado.

E quantos grilhões, no decurso deste longo século de escravidão, se transformarão em punhais?

Oh! Permita V.Sª que eu não discuta este ponto negro do programa.

Lavemos de nossa bandeira política esta pasta de lama que a deturpa. Abaixo a escravidão!

Como V.Sª deseja ardentemente a prosperidade do meu país.

Almejo a proscrição do cetro e do azorrague.[61]

Quero que a grandeza da minha pátria tenha por garantia a liberdade, e que todos os brasileiros, apagadas as classes e as hierarquias, possam dizer perante a América inteira:

Acima de nós, Deus tão somente!

Eis a razão por que dirijo esta carta a V.Sª e saúdo com júbilo a Sociedade Democrática Limeirense.

São Paulo, 18 de fevereiro de 1869

Seu amigo obrigadíssimo,
L. Gama

---

[61] Azorrague – açoite.

"UM NOVO ALEXANDRE"

(CORREIO PAULISTANO, 20/11/1869)

Para os déspotas a violência é o principal meio de convencer os recalcitrantes.

Alfieri[62]

Honro-me com a demissão que acabo de receber do cargo de amanuense da repartição de polícia desta província, porque para autorizá-la o muito digno e ilustrado chefe de polícia interino, exmo. dr. Vicente Ferreira da Silva Bueno[63], teve precisão de procurar motivo em fatos inteiramente alheios aos deveres, que solenemente contraí perante a lei e, como empregado, jurei cumprir.

Sou empregado público há 12 anos, e ufano-me de que neste longo e não interrompido período de tempo se não encontrasse um só fato para galvanizar-se[64] a violenta e ilegal demissão com que fui calculadamente fulminado.

S. exa., o respeitável sr. dr. chefe de polícia dignou-se registrar as razões que obrigaram-no a exonerar-me, mas atilado e cauteloso não julgou conveniente exibir todas as causas que influíram no seu experimentado espírito: pelo que vou

---

62 Alfieri – referência a Niccolò Vittorio Alfieri (1749-1803), escritor italiano, escreveu muitas tragédias e apelos à liberdade e ao patriotismo contra os tiranos.

63 Vicente Ferreira da Silva Bueno (1815-1873) – foi advogado, juiz de direito, delegado de polícia e político, tendo sempre militado no Partido Conservador.

64 Galvanizar – tornar dourado ou prateado.

dar-me ao trabalho de mencionar o principal fundamento que ele hipocritamente ocultara.

No dia 2 do corrente (foi no dia da comemoração dos mortos!), um ancião venerando, a quem presto a mais profunda consideração, procurou-me, com empenho, na secretaria de polícia e, chamando-me de parte, intimou-me formalmente, em nome de s. exa. o sr. presidente da província, dr. Antônio Cândido da Rocha, *para que deixasse de promover e patrocinar causas de manumissão de escravos, sob pena de, continuando, ser demitido do lugar de amanuense da secretaria de polícia: além de outras graves... coerções pendentes da vontade presidencial!...*

Eu não sei transigir[65] com a infâmia. Entre mim e o Governo da Província seria impossível o acordo proposto.

Sou da escola de Poredorax[66]: o homem honesto sofre, mas não se corrompe nem se vende.

Ao estimável amigo que interpelava-me, declarei que prosseguiria sempre, a despeito da *demissão*, da *prisão* e da *deportação* que, mais de uma vez, fora objeto de íntimos colóquios no gabinete presidencial...

Eu advogo de graça, por dedicação sincera, as causas dos desgraçados; não pretendo lucros nem temo violências.

A minha demissão foi por modo sobremaneira escandaloso imposta pelo presidente ao sr. dr. chefe de polícia interino, porque o sr. dr. Antônio Cândido da Rocha protege às ocultas e toma vivo interesse contra uma causa da liberdade, que eu defendo com pertinácia, e continuarei a defender.

É a causa do infeliz africano Jacinto, acintosamente contrariada pelo dr. Antonio Pinto do Rego Freitas, como juiz municipal desta cidade.

---

65 Transigir – ser tolerante.

66 Poredorax – ou Eporedorix (306 a.C.-268 a.C.), líder que defendeu a Gália contra os romanos.

S. exa. neste negócio há sido o principal assessor daquele *dócil* juiz cujos despachos, manifestamente contrários à evidência da lei, hão sido por mim publicados pela imprensa, com espanto das pessoas sensatas.

Para minha completa justificação, basta-me a singularíssima portaria de exoneração que foi-me endereçada.

Admirem-na:

> O dr. Vicente Ferreira da Silva Bueno, chefe de polícia interino desta província etc.
>
> Chegando oficialmente ao meu conhecimento (por comunicação oficiosa que lhe fizera o Presidente da Província) a maneira *inconveniente e desrespeitosa* com a qual o amanuense da Secretaria da Polícia Luiz Gonzaga Pinto da Gama tem tratado o dr. Juiz Municipal suplente em exercício, do termo dessa capital, em requerimentos sobre não verificados direitos de escravos, que, subtraindo-os ao poder de seus senhores, encontram apoio no mesmo amanuense, e sendo por isso inconveniente a sua conservação na repartição da polícia, demito-o do lugar de amanuense (!!!).[67]
>
> Secretaria de Polícia de São Paulo,
> 18 de novembro de 1869
>
> O Chefe de Polícia Interino,
> Vicente Ferreira da Silva Bueno

Mentira!

Dentro do prazo de um ano tenho conseguido a manutenção judicial de 30 pessoas que achavam-se em cativeiro indébito. Nenhuma delas fugiu da casa dos seus senhores

---

[67] (!!!) – essas exclamações exprimem a indignação de Luiz Gama, não constando, evidentemente, da portaria de exoneração.

ou detentores. Foram todas por mim arrancadas, por meios legais, do poder da usurpação imoral.

Assiste-me o direito de perguntar ao exmo. sr. dr. Chefe de polícia: quem são esses escravos, aos quais se ele refere na sua memorável portaria?

De onde e quando vieram eles?

A quem pertencem?

Qual o lugar em que os acoutei?[68]

A falta de verdade em um alto funcionário é uma nódoa inapagável.

Há um africano, um só, que veio da província de Minas em procura dos meus minguados esforços.

Em favor desse infeliz requeri eu, no mesmo dia em que ele aqui chegou, ao celebérrimo sr. dr. juiz municipal suplente desta cidade, as providências ordenadas pela lei de 7 de novembro de 1831, e decreto de 12 de abril de 1832.

A petição que então escrevi já é conhecida do público; foi por mim publicada no *Radical Paulistano.* Nessa petição, depois de 12 dias de reiteradas conferências, pôs o sr. dr. Rego Freitas um despacho inepto, ofensivo da lei; e todo inspirado pelo exmo. sr. dr. presidente da província.

Se eu presto criminoso abrigo a escravos fugitivos, deixe o sr. dr. o indigno ardil das sancadilhas[69] em que se envolve, sem consciência do risível papel, que com sobeja[70] inópia[71] representa. Processe-me, ou mande processar-me; cumpra o seu dever, porque eu saberei manter ileso o meu direito.

---

[68] Acoutei – acolhi.

[69] Sancadilhas – maquinações com o objetivo de prejudicar alguém, ciladas.

[70] Sobeja – extraordinária.

[71] Inópia – fraqueza moral.

Creia o exmo. sr. dr. Vicente Ferreira da Silva Bueno que o meu nome jamais servirá de pancárpia[72], para galardoar-se as prevaricações ingênuas do adiposo sr. dr. Rego Freitas.

Agora duas palavras ao público judicioso.

Há seis anos, quando o sr. dr. José Inácio Gomes Guimarães exercia o lugar de juiz municipal no termo de Limeira, a propósito de um discurso ultramontano[73] que ali pronunciara em pública reunião, escrevi, como democrata sincero, alguns artigos estigmatizando as doutrinas desse respeitável magistrado; artigos que, pelo ferino da sátira e forte energia de linguagem que encerravam, molestaram-no de algum modo.

Há quatro anos, sendo acre[74] e violentamente acometido pela tribuna e pela imprensa o sr. dr. Vicente Ferreira da Silva Bueno, como juiz de direito da comarca de Campinas, por decisões que dera no processo crime instaurado contra os culpados no homicídio do dr. Bernardino José dos Campos, resistindo eu obstinadamente às rogativas[75] e reflexões dos meus amigos íntimos, inspirado tão somente por princípios de justiça, a mim tomei espontaneamente, e por mera simpatia, a causa digna do encanecido juiz, e tenho plena convicção de havê-la defendido, com louvável independência, nas colunas da *Revista Comercial.*

Há pouco tempo foi chefe de polícia desta província o sr. dr. José Inácio Gomes Guimarães que, durante a sua administração, desfez-se em provas de estima e sincera consideração para comigo, ao ponto de opor-se obstinadamente à minha demissão, que, por motivos políticos, fora-lhe formal e tenazmente imposta!

---

72 Pancárpia – coroa de flores.

73 Ultramontano – partidário da política centralizadora da Igreja Católica.

74 Acre – ácido, áspero.

75 Rogativas – pedidos insistentes.

Serve, hoje, interinamente de chefe de polícia desta província o sr. dr. Vicente Ferreira da Silva Bueno, que acaba de demitir-me, *segundo ele próprio declarou-me, de ordem do presidente da província, por inconveniente e desrespeitoso procedimento para com o exmo. jurisconsulto do Arouche!*[76]...

Esta triste ocorrência é prova cabal de que a honra e a dignidade não pertencem exclusivamente aos magistrados.

Entre eles há homens de bem; assim como há miseráveis togados.

São Paulo, 18 de novembro de 1869

Luiz Gama

---

[76] Arouche – referência a José Arouche de Toledo Rendon (1756-1834), militar, advogado, professor e político. Foi o primeiro diretor da Faculdade de Direito do Largo de S. Francisco, São Paulo.

"LUIZ G. P. GAMA"

(*Correio Paulistano*, 10/11/1871)

Meu caro redator,

Permitir-me-á que, por um pouco, eu abuse da vossa reconhecida benevolência.

Sei que algumas pessoas desta cidade, aproveitando caridosamente o ensejo do movimento acadêmico, mandaram dizer para a corte, e para o interior da província, que isto por aqui, ao peso de enormes calamidades, ardia entre desastres temerosos, e desolações horríveis, atestados por agentes da INTERNACIONAL![77]... e que eu (que não deveria, por certo, faltar à sinistra balbúrdia) estava capitaneando uma tremenda insurreição de escravos!...

Parece, à primeira vista, que tudo isto não passou de simples manejo de boatos humorísticos, propalados por histriões[78] de suíça[79], no intuito de promoverem o riso dos

[77] Internacional – referência à Associação Internacional dos Trabalhadores, ou I Internacional, fundada em 1864, em Londres. Foi a primeira associação operária de caráter internacional. Marx era um dos seus líderes.

[78] Histriões – comediantes.

[79] Suíça – barba nas laterais da face, que vai das orelhas até a boca.

parvalhões seletos; e de certo os ânimos joviais muito terão folgado com estes chorrilhos de mentiras extravagantes.

Preciso é, porém, não perder de vista em toda esta calculada urdidura o malévolo espírito de intriga política, tão ardilosa quão oportunamente manejado; pois é digno da mais sisuda observação que, ao passo que se anunciava o incêndio do edifício da academia jurídica[80], as barricadas pelas ruas, o encontro das canoas bélicas no Tamanduateí e a sanguinolenta insurreição dos escravos, insinuava-se, com a mais requintada perfídia, em cartas endereçadas a pessoas consideradas, que a Loja América[81] não é estranha à resistência acadêmica, e que esta loja maçônica trabalha sob os influxos de agentes da Internacional!... E tudo isto é calculadamente dito para obstar adesões ao partido republicano cujo desenvolvimento começa a incomodar os graves servidores do rei, e desse modo explica-se a cuidada hipocrisia da imprensa monarquista, que não cessa de propalar que o partido republicano compõe-se de "comunistas, de abolicionistas, de internacionalistas" e muitas outras associações "irreligiosas" e perigosíssimas.

Não quero que o meu humilde nome sirva de móvel[82] a especuladores impudicos, nem alimentar, com o meu modesto silêncio, a indecisão de alguns espíritos timoratos, para os quais são industriosamente escritas semelhantes balelas.

Sou agente da Loja América em questões de manumissão[83] e, com o eficaz apoio dela, tenho promovido muitas ações perante os tribunais, em favor de pessoas livres, ilegalmente

---

[80] Academia jurídica – Faculdade de Direito de São Paulo.

[81] Loja América – loja maçônica a que pertencia Luiz Gama.

[82] Móvel – motivo.

[83] Manumissão – alforria legal de um escravizado.

mantidas em cativeiro. A isto somente e à promoção das subscrições[84] filantrópicas[85] em proveito dos que pretendem alforriar-se tem-se limitado todo o meu empenho em prol da emancipação; nem outra há sido a nobre missão da Loja América.

Protesto sinceramente, não só para fazer calar os meus caluniadores políticos, como aos inimigos da Loja América, que não sou nem serei jamais agente ou promotor de insurreições, porque de tais desordens ou conturbações sociais não poderá provir o menor benefício à mísera escravatura, e muito menos ao Partido Republicano a que pertenço, cuja missão consiste, entre nós, em esclarecer o país.

Se algum dia, porém, os respeitáveis juízes do Brasil, esquecidos do respeito que devem à lei e dos imprescindíveis deveres que contraíram perante a moral e a nação, corrompidos pela venalidade[86] ou pela ação deletéria[87] do poder, abandonando a causa sacrossanta do direito e, por uma inexplicável aberração, faltarem com a devida justiça aos infelizes que sofrem escravidão indébita, eu, por minha própria conta, sem impetrar o auxílio de pessoa alguma, e sob minha única responsabilidade, aconselharei e promoverei, não a insurreição, que é um crime, mas a "resistência", que é uma virtude cívica, como sanção[88] necessária para pôr preceito[89] aos salteadores fidalgos, aos contrabandistas impuros, aos juízes prevaricadores e aos falsos impudicos detentores.

---

84 Subscrições – contribuições em dinheiro.

85 Filantrópicas – relativo à filantropia: caridade.

86 Venalidade – relativo a venal: que se corrompe por dinheiro.

87 Deletéria – nociva.

88 Sanção – medida de coação.

89 Preceito – o que se recomenda praticar; regra, norma, lição.

Esta é a verdade que profiro sem rebuço e que jamais incomodará aos homens de bem.

Sou vosso respeitador e amigo,

São Paulo, 9 de novembro de 1871

Luiz Gama

"CARTA AOS REDATORES DA *PROVÍNCIA*"

(*A Província de São Paulo*, 6/11/1877)

Quando, em tempos passados, que não muito se distanciam do presente, nos reunimos sob a bandeira e à luz dos princípios da democracia pura, cristã e socialista, animavam-nos dois grandes pensamentos, tínhamos duas grandes ideias: derruir a monarquia, em nome do país e da civilização; estabelecer a república em nome da liberdade.

Então constituíamos um partido, o partido nacional, o partido radical, o partido da revolução; não se media a sua força pelo número dos congregados, se não pelo arrojo das concepções, pela firmeza da vontade, pela singularidade da abnegação, pelo trasonismo[90] das manifestações.

Éramos demolidores das obras do despotismo, sob todas as formas conhecidas, e construtores de uma nacionalidade inteiramente livre.

Declaramos guerra formal aos partidos militantes do império, mórbidas coortes[91] de valetudinários[92] druidas[93],

---

90 Trasonismo – referente a Traso, que, na mitologia grega, era a personificação da audácia, do destemor.

91 Coortes – tropas.

92 Valetudinários – doentios.

93 Druidas – sacerdotes celtas, de grande influência política, que acumulavam as funções de educador e juiz.

entibiados[94] há muito pelo fumo do incenso e da mirra dos palácios; condenamos, sem detença, o parlamento e as assembleias, sáfaras[95] chancelarias do rei e dos seus agaloados sátrapas[96], e votamos à execração pública essa mentira codificada pela hipocrisia, que a ironia dos poderosos, por mero escárnio, qualificou de *Constituição política do Império.*

Queríamos construir, depois da luta, da completa derrota e do aniquilamento indispensável dos nossos adversários, sob a égide de uma ditadura provisória e necessária, ilustrada e intransigente, inspirada pelo direito, dirigida pela razão e dominada pela justiça, não sobre ruínas, porque tudo seria removido, até os alicerces, mas em *uma superfície plana*, o edifício moderno da nova sociedade, sem municípios atrelados, sem magistratura cômica, sem parlamentos subservientes, sem eleitores autômatos, sem ministérios de fâmulos[97], sem religiões de Estado, sem ciência oficial e professores tutelados, sem regimentos monocráticos, sem exército de janízaros[98] e sem escravos, porque estava proscrito o senhor.

Tínhamos um programa infinito, encerrado em uma só palavra — PROGRESSO —, alterável todos os dias, porque um programa político não é um evangelho sedicioso[99], que desafia à revolta, quando não planta o indiferentismo, pelo estoico[100] sofisma[101] da sua desastrosa imutabilidade; é o relatório fiel das necessidades públicas e de todas as aspirações legítimas; e da sua restrita satisfação dependem a felicidade

---

[94] Entibiados – enfraquecidos.
[95] Sáfaras – desérticas.
[96] Sátrapas – indivíduos poderosos e arbitrários, déspotas.
[97] Fâmulos – pessoas subservientes.
[98] Janízaros – guarda-costas de déspotas.
[99] Sedicioso – que não segue regras.
[100] Estoico – resignado.
[101] Sofisma – argumentação aparentemente verdadeira que induz ao erro.

dos povos, a segurança dos governos, a tranquilidade dos Estados e a conservação das instituições; em política não há dogmas; os deuses foram-se com a mitologia.

Eis o que, há dez anos, pretendiam os válidos republicanos do Brasil.

Hoje, este programa pertence a uma minguada fração do grande partido republicano, disseminado em todo o país.

Somos radicais; este é o nosso estandarte.

Escrevemos estas linhas em resposta ao editorial da *Tribuna Liberal*, de hoje.

Queremos a reforma pela revolução; temos princípios, temos programas.

— "Somos homens, enfim, temos futuro!"

São Paulo, 3 de novembro de 1877

L. Gama

EMANCIPAÇÃO

(*Gazeta do Povo*, 1/12/1880)

Ilustrado redator:

Acabo de ler, sem espanto, com pesar, o contristador[102] escrito, publicado na *Província*[103] de hoje, contra o distinto cidadão José do Patrocínio.[104]

Em nós, até a cor é um defeito, um vício imperdoável de origem, o estigma de um crime; e vão ao ponto de esquecer que esta cor é a origem da riqueza de milhares de salteadores, que nos insultam; que esta cor convencional da escravidão, como supõem os especuladores, à semelhança da terra, ao través da escura superfície, encerra vulcões, onde arde o fogo sagrado da liberdade.

Vim [...] ofensor do cidadão José do Patrocínio porque nós, os abolicionistas, animados de uma só crença, dirigidos por uma só ideia, formamos uma só família, visando um sacrifício único, cumprimos um só dever.

---

102 Contristador – entristecedor.

103 *Província* – *Província de S. Paulo*, antigo nome do jornal *O Estado de S. Paulo*, fundado em 1875.

104 José do Patrocínio (1853-1905) – farmacêutico, jornalista, escritor, orador e ativista político. Figura controvertida, destacou-se como um dos mais importantes do movimento abolicionista.

José do Patrocínio, por sua elevada inteligência, pelos seus brios, pelo seu patriotismo, pela nobreza do seu caráter, pela sua honradez, que não tem cores, tornou-se credor da estima e é digno dos louvores dos homens de bem.

Gazeta do Povo, 1º de dezembro de 1880.

"TRECHOS DE UMA CARTA"

(*Gazeta da Tarde*, 12/12/1880)

São Paulo, 8 de dezembro

Preciso é que tu saibas o que por aqui se diz relativamente à nobre cruzada emancipadora.

Não me refiro aos nossos amigos, aos nossos correligionários, aos nossos companheiros de luta; constituímos uma falange[105], uma legião de cabeças; mas com um só pensamento; animados de uma só ideia: a exterminação do cativeiro em breve.

Tratarei dos nossos adversários, dos homens ricos, dos milionários, *da gente que tem o que perder.*

Provocados, em particular ou em público, nas palestras, nas conversações familiares ou nas reuniões, sobre a Lei de 1818[106], ou 1831[107], ou sobre o projeto de 1837[108], ou sobre a

---

[105] Falange – legião.

[106] Lei de 1818 – alvará que impunha pena aos traficantes de escravizados e estabelecia que os negros importados ilegalmente seriam considerados livres.

[107] Lei de 1831 – torna ilegal o tráfico de escravizados.

[108] Projeto de 1837 – projeto do Marquês de Barbacena que inocentava os compradores de mão de obra africana e sugeria a revogação da Lei de 1831.

negra tentativa de 1848[109], mostram-se lhanos[110], dóceis, contritos, curvam-se à razão, reconhecem o direito, confessam a verdade, rendem culto à liberdade, dão-nos ganho de causa, aplaudem-nos e proclamam com entusiasmo a santidade da causa que defendemos, mas... dá-se uma adversativa; reclamam para si um lugar na propaganda; eles também são abolicionistas, porque também são brasileiros.

O que nós pretendemos é grande, eles o proclamam; é belo, é invejável; o que, porém, estamos fazendo é perigoso, atinge à violência, provoca uma catástrofe, deve ser reprimido!...

Os filósofos (eles também os têm, e até positivistas) querem que se não altere o compassado movimento do tempo, a morna calma do taciturno vanzear[111] da nau do Estado. Para extinguir o cativeiro é preciso criar, com supina[112] reflexão, o seu condigno substituto: a sociedade não pode prescindir do servilismo.

A emancipação, a liberdade, hão de vir com o vagar providencial das criações geológicas, para evitar-se indigestões morais, não menos perigosas que as físicas, mormente em aspérrimos alvários[113] de implacável catadura africana.

Eles têm a experiência do mundo, sabem que Adão foi feito de barro, e que a celeridade é um instrumento des-

---

109 Negra tentativa de 1848 – referência à revolta Praieira, ocorrida em Pernambuco, quando o Partido Nacional de Pernambuco, formado por médios e novos proprietários de terra e comerciantes, se rebelou contra os conservadores, representados pelas famílias tradicionais de proprietários de engenho. Entre outras reivindicações, pregavam a abolição do trabalho escravo e a proclamação da República, mas foram vencidos pelas tropas do governo imperial, em 1851.

110 Lhanos – afáveis.

111 Vanzear (ou banzear) – referência ao movimento brando do mar.

112 Supina – em grande quantidade.

113 Alvários – de aparência branca, alvar.

truidor. Querem uma abolição secular; as alforrias devem provar-se por certidões de óbito; uma liberdade métrica, bacalhocrática[114], ponderada, refletida, triturada, peneirada, dinamizada[115], apropriada a corpos dessangrados, higiênica e esculápica[116] para os moribundos e funerária para os mortos.

Tomaram atitude de Bonzo[117], constituíram-se imagens ambulantes da pachorra, trazem em punho, por ornato, a cartilha salvadora da resignação.

Nós provocamos reações perigosas, por virtude; estrangulamos nos puros corações o sentimento generoso da piedade; estamos, por indesculpável imprudência, retardando uma reparação nacional; ferimos de morte o patriotismo, e menosprezamos, diante do estrangeiro, o pudor da aristocracia brasileira.

Acrescentam, e isto é notável, que a lavoura tem dois inimigos, nós e os próprios correligionários deles, que estão sacrificando a sua causa no parlamento!...

Da minha parte ouço-os: sei o que eles são, e o que querem; sei o que faço, e prossigo na minha tarefa.

Hoje entreguei na redação da *Província* um trabalho humilde, feito às pressas, mas de alguma utilidade sobre a tese seguinte: – "Subsiste os efeitos manumissórios[118] da Lei

---

[114] Bacalhocrática (neologismo criado a partir de "bacalhau") – chicote de couro cru para castigar escravizados.

[115] Dinamizada – que tem a eficácia terapêutica aumentada por diluição e trituração.

[116] Esculápica – curativa. Referente a esculápio, médico.

[117] Bonzo – pessoa medíocre que se dá ares de superioridade.

[118] Manumissório (referente à manumissão) – alforria concedida a um escravizado.

de 26 de janeiro de 1818[119], depois da promulgação das de 7 de novembro de 1831[120] e 4 de setembro de 1850?[121]

Escrevi-o a propósito de umas asseverações do exmo. sr. desembargador Faria, Procurador da Coroa, feitas no Tribunal da Relação quando se discutia uma ordem de *habeas corpus*, impetrada, por mim, em favor de um africano livre, posto em cativeiro.

Luiz Gama

[119] Lei de 1818 – ver nota 106.

[120] Lei de 1831 – ver nota 107.

[121] 4 de setembro de 1850 – trata-se da lei 581, Lei Eusébio de Queirós, que proíbe a entrada de africanos escravizados no Brasil, criminalizando quem a infringisse.

"CARTA AO DR. FERREIRA DE MENEZES"

(*Gazeta da Tarde*, 16/12/1880)

São Paulo, 13 de dezembro de 1880

Meu caro Menezes,

Estou na nossa pitoresca choupana do Brás, sob as ramas verdejantes de frondosas figueiras, vergadas sob o peso de vistosos frutos, cercado de flores olorosas, no mesmo lugar onde, no começo deste ano, como árabes felizes, passamos horas festivas, entre sorrisos inocentes, para desculpar ou esquecer humanas impurezas.

Daqui, a despeito das melhoras que experimento, ainda pouco saio à tarde, para não contrariar as prescrições do meu escrupuloso médico, e excelente amigo, dr. Jaime Serva.

Descanso dos labores e elucubrações da manhã, e preparo o meu espírito para as lutas do dia seguinte.

Este mundo é uma mitologia perpétua: o homem é o eterno Sísifo.[122]

---

[122] Sísifo – referência, da mitologia grega, à condenação que Sísifo recebera, de rolar uma grande pedra de mármore até o cume da montanha. Quando estava alcançando o objetivo, a pedra despencava e o trabalho recomeçava. No caso, significa que o homem é condenado a fazer sempre um trabalho inútil.

Acabo de ler na *Gazeta do Povo* o martirológio[123] sublime dos quatro Espártacos[124] que mataram o infeliz filho do fazendeiro Valeriano José do Vale.

É uma imitação, de maior vulto, da tremenda hecatombe que aqui se presenciou na heroica, a fidelíssima, a jesuítica cidade de Itu, e que foi justificada pela eloquente palavra do exmo. sr. dr. Leite Morais, deputado provincial e professor considerado de nossa faculdade jurídica.

Há cenas de tanta grandeza, ou de tanta miséria, que, por completas em seu gênero, se não descrevem; o mundo e o átomo por si mesmos se definem; assim, o crime e a virtude guardam a mesma proporção; assim, o escravo que mata o senhor, que cumpre uma prescrição[125] inevitável de direito natural, e o povo indigno, que assassina heróis, jamais se confundirão.

Eu, que invejo com profundo sentimento estes quatro apóstolos do dever, morreria de nojo, de vergonha, se tivesse a desgraça de, por torpeza, achar-me entre essa horda inqualificável de assassinos.

Sim! Milhões de homens livres, nascidos como feras ou como anjos, nas fúlgidas areias da África, roubados, escravizados, azorragados[126], mutilados, arrastados neste país clássico da sagrada liberdade, assassinados impunemente, sem direitos, sem família, sem pátria, sem religião, vendidos como bestas, espoliados em seu trabalho, transformados em máquinas, condenados à luta de todas as horas e de todos os dias, de todos os momentos, em proveito de especuladores

---

[123] Martirológio – lista dos mártires.

[124] Espártacos – referência a Espártaco (109 a.C. – 71 a.C.). Ver nota 5.

[125] Prescrição – norma, determinação.

[126] Azorragados – açoitados com azorrague (cabo a que estão presas várias tiras de couro cru).

cínicos, de ladrões impudicos, de salteadores sem nome; que tudo isso sofreram e sofrem, em face de uma sociedade opulenta, do mais sábio dos monarcas, à luz divina da santa religião católica e apostólica romana, diante do mais generoso e mais desinteressado dos povos; que recebiam uma carabina envolvida em uma carta de alforria,[127] com a obrigação de se fazerem matar à fome, à sede e à bala nos esteiros[128] paraguaios e que nos leitos dos hospitais morriam, volvendo os olhos ao território brasileiro, ou que, nos campos de batalha, caíam, saudando risonhos o glorioso pavilhão da terra de seus filhos; estas vítimas, que, com o seu sangue, com o seu trabalho, com a sua jactura[129], com a sua própria miséria constituíram a grandeza desta nação, jamais encontraram quem, dirigindo um movimento espontâneo, desinteressado, supremo, lhes quebrasse os grilhões do cativeiro!...

Quando, porém, por uma força invencível, por um ímpeto indomável, por um movimento soberano no instinto revoltado, levantam-se, como a razão, e matam o senhor, como Lusbel[130] mataria a Deus, são metidos no cárcere; e aí a virtude exaspera-se, a piedade contrai-se, a liberdade confrange-se[131], a indignação referve, o patriotismo arma-se: *trezentos concidadãos* congregam-se, ajustam-se, marcham diretos ao cárcere; e aí (oh! é preciso que o mundo inteiro aplauda) a faca, o pau, a enxada, o machado, matam valentemente a *quatro homens*; menos ainda, a quatro negros; ou, ainda menos, a quatro escravos manietados numa prisão.

---

127 Como fica evidente em outros textos, é uma referência à Guerra do Paraguai. Os escravizados receberiam sua alforria desde que se engajassem na luta.

128 Esteiros – trechos de rio ou mar que adentram na terra; estuário.

129 Jactura – dano, perda.

130 Lusbel – nome de um dos anjos que se rebelaram contra o Senhor; um dos nomes do demônio.

131 Confrange-se – contrai-se.

Não! Nunca! Sublimaram, pelo martírio, em uma só apoteose, quatro entidades imortais!

Quê! Horrorizam-se os assassinos de que quatro escravos matassem seu senhor? Tremem porque eles, depois de lutuosa cena, se fossem apresentar à autoridade?

Miseráveis; ignoram que mais glorioso é morrer livre numa forca, ou dilacerado pelos cães na praça pública, do que banquetear-se com os Neros[132] na escravidão.

Sim! Já que a quadra é dos acontecimentos; já que as *cenas de horror* estão em moda e que os nobilíssimos corações estão em boa maré de exemplares vinditas[133], leiam mais esta:

Foi no município de Limeira; o fato deu-se há dois anos.

Um rico e distinto fazendeiro tinha um crioulo do norte, esbelto, moço, bem parecido, forte, ativo, que nutria o vício de detestar o cativeiro: em três meses fez dez fugidas!

Em cada volta sofria um rigoroso castigo, incentivo para nova fuga.

A mania era péssima, o vício contagioso e perigosíssima a imitação.

Era indeclinável[134] um pronto e edificante castigo.

Era a décima fugida, e dez são também os mandamentos da lei de Deus, um dos quais o mais filosófico e mais salutar é... *castigar os que erram.*[135]

O escravo foi amarrado, foi despido, foi conduzido ao meio do cafezal, entre o bando mudo, escuro, taciturno dos

---

[132] Neros – referência a Nero (37 d.C.-68 d.C.), imperador romano, de quem se conta que tocava lira e cantava enquanto Roma ardia em meio a um incêndio no ano de 64.

[133] Vinditas – vinganças.

[134] Indeclinável – inevitável.

[135] Castigar os que erram – o mandamento a que se refere ironicamente é "Não matarás".

aterrados parceiros; um Cristo negro, que se ia sacrificar pelos irmãos de todas as cores.

Fizeram-no deitar; e cortaram-no, a chicote, por todas as partes do corpo; o negro transformou-se em Lázaro[136], o que era preto se tornou vermelho.

Envolveram-no em trapos...

Irrigaram-no de querosene, deitaram-lhe fogo... Auto de fé[137] agrário!...

Foi o restabelecimento da Inquisição, foi o renovamento do touro de Fálaris[138], com a dispensa do simulacro de bronze, foi uma figura das candeias[139] vivas dos jardins romanos; davam-se, porém, aqui duas diferenças: a iluminação fazia-se em pleno dia; o combustor não estava de pé, empalado, estava decúbito; tinha por leito o chão, de que saíra e para o qual ia volver em cinzas.

Isto tudo consta de um auto, de um processo formal; está arquivado em cartório, enquanto o seu autor, rico, livre, poderoso, respeitado, entre sinceras homenagens, passeia ufano por entre os seus iguais.

Dirão que é justiça de salteadores?

Eu limito-me a dizer que é digna dos nobres ituanos, dos limeirenses e dos habitantes de Entre-Rios.

---

136 Lázaro – personagem da parábola "O rico e Lázaro", contada por Jesus, que tinha o corpo completamente coberto por chagas.

137 Auto de fé – cerimônia em que eram proclamadas e executadas as sentenças do Tribunal da Inquisição; suplício pelo fogo.

138 Touro de Fálaris – cruel instrumento de tortura que consistia em um touro de bronze com abertura correspondente à boca, e com o interior vazado para se colocar a vítima. Colocava-se fogo sob o touro. Procurando por ar, todos os gritos e gemidos da vítima saíam pela boca do touro, dando a impressão de que ele, o touro, estava vivo.

139 Candeias – peças de iluminação abastecidas geralmente com óleo.

Estes quatro negros, espicaçados pelo povo ou por uma aluvião[140] de abutres, não eram quatro homens, eram quatro ideias, quatro luzes, quatro astros; em uma convulsão sidérea desfizeram-se, pulverizaram-se, formaram uma nebulosa.

Nas épocas por vir, os sábios astrônomos, os Aragos[141] do futuro hão de notá-los entre os planetas: os sóis produzem mundos.

Teu
Luiz Gama

---

140 Aluvião – grande quantidade.

141 Aragos – referência a François Jean Dominique Arago (1786-1853). Físico, astrônomo e político, foi primeiro-ministro da França.

"A EMANCIPAÇÃO AO PÉ DA LETRA"

(*Gazeta do Povo*, 18/12/1880)

Os meus ilustres e honrados amigos da redação da *Província de São Paulo* deram, hoje, a lume, escrito sobre gelo, um curioso e memorável editorial, relativamente aos propagandistas da abolição da escravatura, que assim começa:

> A propaganda abolicionista está sendo dirigida inconvenientemente por alguns cidadãos, cujo exaltamento e fervor na defesa da ideia não dão lugar à calma para poderem medir os efeitos de seus discursos e escritos.
>
> A agitação [que] se notava nos espíritos, lá na corte, vai-se estendendo às províncias e, portanto, tornando-se mais perigosa e talvez menos eficaz em seus relatos.
>
> Não podemos acompanhar os excessos nem louvar os ímpetos de um entusiasmo embora sincero, mas incontestavelmente contrário à execução de uma reforma que não devia ser agitada fora do terreno científico, segundo a medida do critério positivo.
>
> Pregar a emancipação, invocando o *bom Deus*, pondo em contribuição os princípios absolutos da justiça divina, da 'liberdade como dom sagrado que nos foi conferido pela Providência', inverter a ordem dos fatores do progresso social, querendo que a minoria tenha o direito de impor

> à maioria, pela força, a solução pronta de um problema complexo, cujo estudo se deve fazer no meio mesmo em que se apresenta cheio de dificuldades aos ânimos exaltados, não nos parece de boa política.
>
> Os fenômenos sociais não dependem exclusivamente do talento daqueles que mais se dedicam a uma causa e que a manejam provocando as massas inconscientes, procurando arrastá-las pelo brilho da eloquência.[142] Eles se operam por leis naturais e aparecem quando as circunstâncias lhes proporcionam a oportunidade. Daí vem que as melhores reformas são aquelas que nascem do convencimento real do povo; são estas as que consultam as necessidades da época e exprimem o *ato positivo* da soberania nacional.

Estas palavras, estes conselhos evangélicos, escritos por ateus e por pena republicana, se bem que antirrevolucionária, não me causaram admiração, e menos ainda abalaram-me o espírito; pois que eu sei, de há muito, que esses meus distintos correligionários, adoradores prediletos da deusa PREGUIÇA, deitados sob o *jitaí*[143] *da paciência*, cogitam, de barrigas para o ar, nos meios de *esperar a queda pacífica e voluntária* da monarquia desoladora, por milagre das evoluções calmas, da portentosa sociologia positivista; e, nesta cômoda posição, esperam que o fruto amadurecido, pela exclusiva ação do tempo, lhes caia de manso à flor dos lábios, a fim de que eles peçam ao primeiro transeunte a graça de lho empurrar, com jeito, para dentro da boca.

Não é uma censura que faço aos meus respeitáveis amigos; estas humildes considerações são antes um preito de

142 Eloquência – poder de persuadir pela palavra.

143 Jitaí – referência provável a jataí, tipo de árvore frondosa, o jatobá, ou pode tratar-se de jataí, abelha pequena e sem ferrão, cujo nome em tupi-guarani significa preguiçosa.

homenagem rendido, com sinceridade, ao seu elevado talento, pela maravilhosa compreensão dos áureos princípios e práticas salutares da *salvadora política positivista*, que eu de bom grado aceitaria, se não me achasse ao lado de homens livres, criminosamente escravizados, e pleiteando contra salteadores do mar, os piratas da costa da África.

Ao positivismo da macia escravidão eu anteponho o das revoluções da liberdade; quero ser louco como John Brown[144] e como Espártaco[145], como Lincoln[146], como Jesus; detesto, porém, a calma farisaica[147] de Pilatos[148].

Fui, em outros tempos, quando ponteava rimas, fabricante de sátiras, em forma de carapuças[149], e ainda hoje, tenho o vezo[150] da arte.

Dada esta boa razão, indispensável, em face das complicações emergentes, declaro que aceito, em escrúpulo, as *gorras*[151] que cabem e que se acham dependentes do editorial a que aludo.

Peço vênia, porém, para replicar.

Eu, assim como sou republicano, sem o concurso dos meus valiosos correligionários, faço propaganda abolicionis-

---

[144] John Brown (1850-1859) – abolicionista americano que, na década de 1850, defendeu e praticou ações armadas com o objetivo de abolir a escravatura. Morreu enforcado.

[145] Espártaco – ver nota 5.

[146] Lincoln (1809-1865) – hábil político, 16º presidente dos Estados Unidos da América, enfrentou a Guerra de Secessão e aboliu a escravidão. Morreu assassinado em 1865.

[147] Farisaica – hipócrita.

[148] Pilatos – referência a Pôncio Pilatos, que na tradição cristã é conhecido por ter sido o juiz que não interveio contra os fariseus na condenação de Jesus Cristo a morrer na cruz.

[149] Carapuças – alusões indiretas, frequentemente críticas ou perversas.

[150] Vezo – hábito.

[151] Gorras – gorros, carapuças.

ta, se bem que de modo perigoso, principalmente para mim e de minha própria conta.

Estou no começo: quando a justiça fechar as portas dos tribunais, quando a *prudência* apoderar-se do país, quando os nossos adversários ascenderem ao poder, quando da imprensa quebrarem-se os prelos[152], eu saberei ensinar aos desgraçados a vereda do desespero.

Basta de *sermões*; acabemos com os idílios.

Lembrem-se os evangelizadores do positivismo que nós NÃO ATACAMOS DIREITOS; PERSEGUIMOS O CRIME, por amor da salvação de infelizes; e recordem-se, na doce paz dos seus calmos gabinetes, que as alegrias do escravo são como a nuvem negra: no auge transformam-se em lágrimas.

18 de dezembro de 1880
Luiz Gama

[152] Prelos – máquinas impressoras.

"TRECHOS DE UMA CARTA"

(*Gazeta da Tarde*, 28/12/1880)

São Paulo, dezembro de 1880

Meu caro Menezes,

A Lei Áurea de 28 de setembro de 1871, imposta ao governo e arrancada ao Parlamento, pela vontade nacional, em circunstâncias climatéricas, desde o começo, grosseiramente sofismada[153], senão criminosamente preterida em sua execução e que, hoje, muito longe está de satisfazer as aspirações, à civilização e aos progressos do país, ainda assim, continua a ser flagrantemente violada pelo governo, pela magistratura, pela monocracia[154] e pelos donos de escravos.

Dão-se as violações escandalosas contra os manumitentes[155], contra os pecúlios públicos ou particulares, contra as arrecadações, contra as avaliações ou arbitramentos, e somente a favor dos senhores!... É que os homens do governo, os juízes e os funcionários têm famílias, têm amigos, têm interesses, têm escravos!...

---

153 Sofismada – com a verdade encoberta, usando-se argumentos falsos.

154 Monocracia – regime em que o governante possui poderes ilimitados e absolutos.

155 Manumitentes – alforriados por lei.

As alforrias, pelo fundo de emancipação, constituem, geralmente falando, a mais sórdida prevaricação[156]. As classificações são viciosas; na escolha dos libertandos domina o capricho; os arbitramentos são de excessivo valor.

Pode-se afirmar, salvando raríssimas exceções, que o serviço não tem desempenho regular, é feito por uma horda de prevaricadores.

Os senhores procedem com ostensivo despudor. Tratam os cavalos de estrebaria como seus próprios irmãos: até aí nada vejo de repreensível; porque o sábio conde de Chesterfield, que tinha razões de sobra, dizia "que certos fidalgos eram menos nobres que os seus cavalos".

Cobrem-nos (aos cavalos) de lã e de sedas, durante o inverno; envidraçam-lhes as estrebarias; alcatifam[157] o assoalho de escolhida palha e até mandam vir de Europa a sua alimentação. Durante o verão dão-lhe pastos especiais: fazem-nos mudar de clima; mandam banhá-los uma e duas vezes por dia.

O homem, porém, a *imagem de Deus*, a máquina viva e ambulante do trabalho; o negro, o escravo, come do mesmo alimento, no mesmo vasilhame dos porcos; dorme no chão, quando feliz, sobre uma esteira; é presa dos vermes e dos insetos; vive seminu; exposto aos rigores da chuva, do frio e do sol; unidos, por destinação, ao cabo de uma enxada, de um machado, de uma foice, tem como despertador o relho do feitor, as surras do administrador, o tronco[158], o vira-mundo[159], o grilhão, as algemas, o gancho ao pescoço, a

---

156 Prevaricação – crime cometido por funcionário público, retardando ou praticando algum ato contra a disposição legal, em benefício próprio.

157 Alcatifam – atapetam.

158 Tronco – paus onde se amarravam os escravizados pelas mãos ou pés para castigá-los.

159 Vira-mundo – pesado grilhão de ferro com que se prendiam os pulsos ou tornozelos dos escravizados.

fornalha do engenho, os banhos de querosene, as fogueiras do cafezal, o suplício, o assassinato pela fome e pela sede!... E tudo isso santamente amenizado por devotas orações ao crepúsculo da tarde e ao alvorecer do dia seguinte.

O negro, disse o meu estimável amigo, o exmo. sr. dr. Belfort Duarte[160], é a causa da grandeza do Brasil: pois bem, este miserável grande, fautor[161] da opulência daquele grande miserável, este animal maravilhoso, chamado escravo, na expressão legal, este homem sem alma, este cristão sem fé, este indivíduo sem pátria, sem direitos, sem autonomia, sem razão, é considerado abaixo do cavalo; é um racional toupeira[162], sob o domínio de feras humanas – *os senhores.*

Pelas leis do 1º de outubro de 1828, art. 59 e n. 16, de 12 de agosto de 1834, art. 1º, foram as câmaras municipais, por motivos de ordem pública, incumbidas de promover os meios de bom tratamento dos escravos e de evitar as crueldades para com eles, mediante comunicações e propostas às assembleias provinciais.

Qual foi, entretanto, a câmara ou assembleia que já cuidou, ao menos por mera formalidade, do desempenho deste sagrado e piedoso dever?

Os vereadores e os deputados, ainda os mais ilustres, nunca leram esta lei.

Outras acertadas providências, no mesmo sentido, para segurança dos míseros escravos, restrita observância da disposição da lei, defraudada[163] por senhores ferozes, foram

---

160 Belfort Duarte – referência ao político e jornalista maranhense Francisco Belfort de Paula Duarte. Republicano, integrou a primeira junta governativa do Maranhão, que assumiu o poder em 18/11/1889.

161 Fautor – que favorece.

162 Topeira – pessoa ignorante, estúpida.

163 Defraudada – fraudada.

dadas pelo Governo Imperial, em Avisos 4º e 8º de 11 de novembro de 1831.

Pela lei de 20 de outubro de 1823 foi conferido aos presidentes de províncias o encargo tão importante quão melindroso e humanitário de cuidar e promover o bom tratamento dos escravos. Até hoje, porém, as altas administrações provinciais, que se ocupam de tudo, inclusive das POSTURAS concernentes ao lixo e nomeações de oficiais da Guarda Nacional, não desceram às senzalas, senão para assistir as surras!...

Os senhores, cônscios da impunidade, que os distingue, procedem com desplante e com desbrio.

Eis um fato, entre muitos semelhantes, de deslumbradora eloquência.[164]

Há dias, à Rua Vinte e Cinco de Março, no bairro da Figueira, margem do Rio Tamanduateí, nesta cidade, arrabalde frequentado por porcos, bestas soltas e cães vadios, à noite, foi exposto um menino recém-nascido, de cor parda, à porta do sr. Porfírio Pires Carneiro.

Este homem, que é maior de 60 anos e paupérrimo, e que a si tomou a criação do menor, arrancado à morte, pelo braço do acaso, é de cor preta, é afilhado do defunto conselheiro Martim Francisco[165], que o criou em seu lar, que o educou, entre seus filhos, e que à sua custa fê-lo viajar pela Europa; tem no porte e no ânimo a nobre altivez, e a inflexibilidade nativa dos Andradas.[166]

---

[164] Eloquência – expressividade

[165] Martim Francisco – Martim Francisco Ribeiro de Andrada (1775-1844), naturalista e importante político brasileiro.

[166] Andradas – referência à família dos Andradas, constituída por Martim Francisco, José Bonifácio de Andrada e Silva, o Patriarca da Independência, e Antonio Carlos Ribeiro de Andrada e Silva.

O indigno abandono do menor, criminosamente feito à sua porta, foi-lhe causa de insônias: revoltou-o.

— Isto é torpeza de branco - exclamava ele enfurecido, enfiando os dedos pretos pelos bastos cabelos brancos!

Passou uma semana percorrendo os subúrbios; varejou as vendas, auscultou pelas quitandas, até que um dia deu com a ponta do fio de Ariadne![167]...

O enjeitado, aquele inocente mulatinho, atirado aos cães, é um ingênuo[168], filho de uma escrava pertencente a um negociante rico, que, brutalmente, sem defesa possível, obrigou a mísera mãe a depô-lo à margem de um rio, exposto às intempéries, às bestas, às feras, embora mais compassivas do que ele!...

Isto devia ser registrado, comentado, pelos meus respeitáveis amigos, pregadores de política positiva, solertes redatores da *Província de S. Paulo*; isto deve ser combatido, com tédio, por todos os honestos altruístas; isto é o detestável *positivismo* dos abutres que devoram, por perversidade, míseros recém-nascidos; isto é a *divinização* do crime, que tanto repugna à probidade imaculada dos castíssimos redatores do *Correio Paulistano*; isto seria uma infâmia se não fora o mau hábito inveterado dos senhores; é o calo das suas pervertidas consciências, que o positivismo não quer ver, não quer extrair, não quer ponderar, não quer perceber, não quer discutir; e não considera, e não examina, e não discute, porque este peculiar *positivismo negreiro* é um sistema exótico de esdrúxula filosofia, foi descoberto entre os hebreus hodiernos[169], é uma

[167] Fio de Ariadne - termo usado para descrever a resolução de um problema, através da interpretação de pistas.

[168] Ingênuo - filho de escravizado, nascido livre.

[169] Hodiernos - dos dias de hoje.

espécie de Cireneu[170] moderno; sua moral é singularíssima, sua piedade esquipática[171]: está da parte dos desgraçados, auxilia com brandura e, com amor, exorta os pacientes; ajuda-os a carregar a cruz, rende preitos à Lei; pega às fímbrias[172] da samarra;[173] abraça o algoz; justifica o suplício; subscreve a condenação; faz mesuras ao patíbulo; dá um sorriso a César[174] e uma lágrima ao penitente.

É um *positivismo cortesão, previdente, que calcula quanto escreve, que lima quanto diz, porque não fira, que procura agradar a todo mundo, que, cauteloso, não quer comprometer-se: enfim positivismo de convento.*

De tudo quanto vejo e observo, meu caro amigo, não me espanto: o mundo é uma esfera e a vida o movimento.

Os senhores dominam pela corrupção; têm ao seu serviço ministros, juízes, legisladores; encaram-nos com soberba, reputam-se invencíveis.

A luta promete ser renhida[175], mas eles hão de cair. Hão de cair, sim, e o dia da queda se aproxima.

A corrupção é como a pólvora; gasta-se e não se reproduz.

Hão de cair, porque a nação inteira se alevanta; e no dia em que todos estivermos de pé, os ministros, os juízes, os legisladores estarão do nosso lado; em Sedan[176] foram os

---

170 Cireneu – referência a Simão Cireneu (Bíblia), que foi obrigado pelos romanos a ajudar Jesus a carregar a cruz.

171 Esquipática – incomum, extravagante.

172 Fímbrias – barras.

173 Samarra – túnica.

174 César – referência ao conquistador, depois imperador romano, Caio Júlio César (100 a.C. – 44 a.C.).

175 Renhida – disputada com ardor.

176 Sedan – referência à Batalha de Sedan, ocorrida em 1870, quando o exército comandado por Napoleão III e o marechal Patrice Mac-Mahon foi cercado em Metz, decidindo a guerra franco-prussiana em favor da Prússia.

generais, os prisioneiros que se entregaram: não foram os soldados que desonraram Metz.

Os próprios senhores — na granja, na tenda, na taverna ou no senado — onde, entre anciãos venerandos, têm infelizmente entrado alguns prevaricadores vilões, hão de apertar a mão ao liberto; nivelados pelo trabalho, pela honra, pela dignidade, pelo direito, pela liberdade, dirão, com o imortal filósofo: "Se fosse possível saber o dia em que se fez o primeiro escravo, ele deveria ser de luto para a humanidade".

Luiz Gama

PRÓTASE[177]

Embora um vate[178] canhoto
Dos loucos aumente a lista,
Seja cisne ou gafanhoto,
Não encontra quem resista
Dos seus versos à leitura,
Que diverte, inda que é dura!

F. X. de Novais[179]

No meu cantinho,
Encolhidinho,
Mansinho e quedo,[180]
Banindo o medo
Do torpe mundo,
Tão furibundo,
Em fria prosa
Fastidiosa[181] –
O que estou vendo
Vou descrevendo.
Se de um quadrado
Fizer um ovo,
Nisso dou provas
De escritor novo.

---

177 Prótase – parte em que se expõe o assunto a ser desenvolvido. Na 1ª edição das *Primeiras trovas burlescas de Getulino,* 1859, o título do poema é "Prólogo".

178 Vate – poeta.

179 F. X. de Novais – Faustino Xavier de Novais (1820-1869). Poeta, jornalista e teatrólogo, nasceu no Porto e veio para o Brasil em 1858, passando a integrar a cena literária brasileira. A epígrafe citada foi retirada de "Pretensões", do livro *Novas Poesias* (1858).

180 Quedo – quieto.

181 Fastidiosa – enfadonha.

Sobre as abas[182] sentado do Parnaso,[183]
Pois que subir não pude ao alto cume,
Qual pobre, de um mosteiro à portaria,
De trovas fabriquei este volume.

Vazias de saber, e de prosápia,[184]
Não tratam de Ariosto[185] ou Lamartine[186]
Nem recendem as doces ambrosias[187]
De Lamiras[188] famoso ou Aritine.[189]

São rimas de tarelo[190], atropeladas,
Sem metro, sem cadência e sem *bitola,*[191]
Que formam no papel um ziguezague,
Como os passos de rengo[192] manquitola.

Grosseiras produções d'inculta mente,
Em horas de pachorra construídas;
Mas filhas de um bestunto[193] que não rende
Torpe lisonja às almas fementidas.[194]

---

[182] Abas – local adjacente, contíguo.

[183] Parnaso – local simbólico onde viviam os poetas.

[184] Prosápia – vaidade, fanfarrice.

[185] Ariosto (1474-1533) – poeta italiano, autor do poema épico *Orlando Furioso.*

[186] Lamartine (Alphonse de Lamartine, 1790-1869) – poeta francês que influenciou o Romantismo na França e em todo o mundo.

[187] Ambrosias – alimento dos deuses do Olimpo.

[188] Lamiras – Não encontrado, mas, pelo contexto, deduz-se tratar-se de algum poeta famoso.

[189] Aritine – referência a Pietro Aretino (1492-1556), escritor, poeta e dramaturgo italiano, conhecido por seus versos mordazes.

[190] Tarelo – tagarela.

[191] Bitola – regra, padrão que orienta a conduta.

[192] Rengo – que coxeia.

[193] Bestunto – cabeça, centro do intelecto.

[194] Fementidas – desleais, falsas.

São folhas de adurente[195] cansanção[196],
Remédio para os parvos[197] d'excelência,
Que, aos arroubos cedendo da loucura,
Aspiram do *poleiro* alta eminência.

E podem colocar-se à retaguarda
Os venerandos sábios de influência;
Que o trovista respeita, submisso,
Honra, pátria, virtude, inteligência.

Só corta[198] com vontade nos malandros
Que fazem da nação seu Montepio;[199]
No remisso[200] empregado, *sacripante*,[201]
No lorpa[202], no peralta e no vadio.

À frente parvalhões, heróis Quixotes,
Borrachudos[203] *barões* da traficância;
Quero ao templo levar do grão sumano[204]
Estas arcas pejadas[205] de ignorância.

---

195 Adurente – abrasiva.
196 Cansanção – urtiga.
197 Parvos – tolos.
198 Corta – fala mal.
199 Montepio – instituição assistencialista.
200 Remisso – desleixado.
201 Sacripante – por sacripanta: velhaco, patife.
202 Lorpa – palerma.
203 Borrachudos – barrigudos.
204 Sumano – provavelmente por "Sumo", que ocupa o lugar mais alto, supremo.
205 Pejadas – repletas.

LÁ VAI VERSO

Quero também ser poeta,
Bem pouco, ou nada. Me importo
Se a minha veia é discreta,
Se a via que sigo é torta.

Faustino Xavier de Novais

Alta noite, sentindo o meu bestunto[206]
Pejado[207], qual vulcão de flama ardente,
Leve pluma empunhei, incontinente
O fio das ideias fui traçando.

As Ninfas[208] invoquei para que vissem
Do meu estro[209] voraz o ardimento,
E depois revoando ao firmamento,
Fossem do *Vate* o nome apregoando.

Oh! Musa de Guiné, cor de azeviche,
Estátua de granito denegrido,
Ante quem o leão se põe rendido,
Despido do furor de atroz braveza;

Empresta-me o cabaço *d'urucungo,*[210]
Ensina-me a brandir tua marimba,[211]

---

[206] Bestunto – cabeça, intelecto.

[207] Pejado – repleto.

[208] Ninfas – entidade da mitologia grega. O poema parodia o poema clássico camoniano.

[209] Estro – inspiração.

[210] Cabaço de urucungo – berimbau.

[211] Marimba – berimbau. Segundo a mitologia do povo zulu, vindo da África do Sul, Marimba é uma deusa que inventou um instrumento de barras de madeira e cabaças, a primitiva marimba.

Inspira-me a ciência da *candimba*[212]
Às vias me conduz d'alta grandeza.

Quero a glória abater de antigos vates,
Do tempo dos heróis armipotentes;[213]
Os Homeros[214], Camões[215] – aurifulgentes
Decantando os *barões* da minha Pátria!

Quero gravar em lúcidas colunas
Obscuro poder da parvoíce[216]
E a fama levar da vil sandice
Às longínquas regiões da velha Báctria![217]

Quero que o mundo me encarando veja,
Um retumbante *Orfeu*[218] *de carapinha*
Que a lira desprezando, por mesquinha,
Ao som decanta de marimba[219] augusta;

E, qual outro Arion entre os Delfins,[220]
Os ávidos piratas embaindo –
As ferrenhas palhetas vai brandindo
Com estilo que preza a Líbia adusta.[221]

Com sabença profusa irei cantando
Altos feitos da gente *luminosa*,

---

[212] Candimba – ciência oculta dos sacerdotes do candomblé.
[213] Armipotentes – com poder armado.
[214] Homeros – referência a Homero (viveu em torno de 850 a.C.), poeta épico da Grécia Antiga, a quem se atribui a autoria da *Ilíada* e da *Odisseia*.
[215] Camões (1524-1580) – considerado um dos maiores poetas da literatura lusófona, autor de *Os Lusíadas*.
[216] Parvoíce – idiotice.
[217] Báctria – região histórica, fazia parte da antiga Pérsia.
[218] Orfeu – figura da mitologia grega, excelente cantor e músico.
[219] Marimba – ver nota 211.
[220] Arion – poeta grego; teria sido salvo da morte por golfinhos (delfins).
[221] Adusta – abrasada.

Que a trapaça movendo portentosa
À mente assombra, e pasma à natureza!

Espertos eleitores de *encomenda*,
Deputados, ministros, senadores,
Galfarros[222], diplomatas - chuchadores,[223]
De quem reza a cartilha da esperteza.

Caducas tartarugas - desfrutáveis,
Velharrões tabaquentos - sem juízo,
Irrisórios fidalgos - de *improviso*,
Finórios traficantes - *patriotas*;

Espertos maganões[224], *de mão ligeira*,
Emproados juízes de *trapaça*,
E outros que de honrados têm *fumaça*,
Mas que são refinados agiotas.

Nem eu próprio à festança escaparei;
Com foros de *Africano fidalgote*,
Montado num *barão* com ar de zote[225] -
Ao rufo do tambor, e dos zabumbas,

Ao som de mil aplausos retumbantes,
Entre os netos da Ginga[226], meus parentes,
Pulando de prazer e de contentes -
Nas danças entrarei d'altas *caiumbas*.[227]

---

[222] Galfarros - oficiais de justiça.
[223] Chuchadores - aproveitadores.
[224] Maganões - enganadores.
[225] Zote - parvo.
[226] Ginga - rainha guerreira de Angola.
[227] Caiumbas - ou quiumbas, espíritos indecorosos, levianos, maledicentes.

SORTIMENTO DE GORRAS[228] PARA A GENTE DO GRANDE TOM

Seja um sábio o fabricante,
Seja a fábrica mui rica,
Quem carapuças fabrica
Sofre um dissabor constante:
Obra pronta, voa errante,
Feita avulso, e sem medida;
Mas no voo suspendida,
Por qualquer que lhe apareça,
Lá lhe fica na cabeça,
Té as orelhas metidas.

F. X. de Novais

Se grosseiro alveitar[229] ou charlatão
Entre nós se proclama sabichão;
E, com *cartas*[230] compradas na Alemanha,
Por anil[231] nos impinge ipecacuanha;[232]
Se mata, por honrar a Medicina,
Mais voraz do que uma ave de rapina;
E num dia, se errando na receita,
Pratica no mortal cura perfeita;
Não te espantes, ó leitor, da novidade,
Pois que tudo no Brasil é raridade!

---

[228] Gorras – gorros, carapuças.

[229] Alveitar – indivíduo que trata doenças de animais sem ter habilitação para isso.

[230] Cartas – diplomas.

[231] Anil – planta da qual se extrai o corante.

[232] Ipecacuanha – planta que provoca vômitos.

Se os *nobres* desta terra, empanturrados,
Em Guiné têm parentes enterrados;
E, cedendo à prosápia[233], ou duros vícios,
Esquecem os negrinhos seus patrícios;
Se mulatos de cor esbranquiçada,
Já se julgam de origem refinada,
E curvos à mania que os domina,
Desprezam a *vovó* que é preta-mina:[234]
Não te espantes, ó leitor, da novidade,
Pois que tudo no Brasil é raridade!

Se o governo do Império Brasileiro,
Faz coisas de espantar o mundo inteiro,
Transcendendo o autor da geração,
O jumento transforma em *sor barão;*
Se estúpido matuto, apatetado,
Idolatra o papel de mascarado;
E fazendo-se o lorpa[235] deputado,
N'Assembleia vai dar seu – *apolhado!*[236]
Não te espantes, ó leitor, da novidade,
Pois tudo no Brasil é raridade!

Se impera no Brasil o patronato,
Fazendo que o camelo seja gato,
Levando o seu domínio a ponto tal,
Que torna em sapiente o *animal;*
Se deslustram honrosos pergaminhos
Patetas que nem servem p'ra meirinhos[237],
E que sendo formados bacharéis,
Sabem menos do que pecos[238] bedéis:

---

[233] Prosápia – fanfarronice.
[234] Preta-mina – africana da costa da Guiné.
[235] Lorpa – simplório.
[236] Apolhado – por "apoiado", talvez ironizando a hipercorreção.
[237] Meirinhos – oficiais de justiça.
[238] Pecos – broncos.

Não te espantes, ó leitor, da novidade,
Pois que tudo no Brasil é raridade!

Se temos deputados, senadores,
Bons ministros, e outros chuchadores
Que se aferram às tetas da nação
Com mais sanha que o tigre, ou que o leão;
Se já temos calçadas - *mac-lama,*[239]
Novidade que esfalfa a voz da Fama,
Blasonando[240] as gazetas - que há progresso,
Quando tudo caminha p'ra o regresso:
Não te espantes, ó leitor, da pepineira,[241]
Pois que tudo no Brasil é chuchadeira!

Se contamos vadios empregados,
Porque são de potências afilhados,
E sucumbe, à matroca[242], abandonado,
O homem do critério, que é honrado;
Se temos militares de trapaça,
Que da guerra jamais viram fumaça,
Mas que empolgam chistosos ordenados,
Que ao povo, sem sentir, são arrancados:
Não te espantes, ó leitor, da pepineira,
Pois que tudo no Brasil é chuchadeira!

Se faz oposição o deputado,
Com discurso medonho, enfarruscado;[243]
E pilhando a maminha da lambança,
Discrepa do papel, e faz mudança;
Se esperto capadócio[244] ou maganão,

---

[239] Mac-lama - referência irônica ao macadame, que se usa para calçamento das vias.

[240] Blasonando - expressando com orgulho.

[241] Pepineira - mamata.

[242] À matroca - à deriva, sem rumo.

[243] Enfarruscado - obscuro.

[244] Capadócio - malandro.

Alcança de um jornal a redação,
E com quanto não passe de um birbante,[245]
Vai fisgando o metal aurissonante:
Não te espantes, ó leitor, da pepineira,
Pois que tudo no Brasil é chuchadeira!

Se a guarda que se diz – nacional,
Também tem caixa-pia, ou musical,
E da qual o dinheiro se evapora,
Como o – mal – da boceta de Pandora,[246]
Se depois por chamar nova pitança[247],
No fundo se conserva a – esperança;
E nisto resmungando o cidadão
Lá vai ter ao calvário da prisão;
– Não te espantes, ó leitor, da pepineira,
Pois que tudo no Brasil é chuchadeira!

Se temos majestosas faculdades,
Onde imperam egrégias potestades[248],
E, apesar das luzes dos mentores,
Os burregos também saem doutores;
Se varões de preclara inteligência,
Animam a nefanda decadência,
E a pátria sepultando em vil desdouro,
Perjuram como Judas – só por ouro:
É que o sábio, no Brasil, só quer lambança,
Onde possa empantufar a larga pança!

---

[245] Birbante – vadio.

[246] Boceta, ou caixa de Pandora – Pandora, na mitologia grega, é a primeira mulher. Os deuses deram-lhe como presente uma caixa (ou bolsa) que deveria permanecer fechada. Aberta inadvertidamente, a caixa deixa escapar todos os males que acometem o mundo. Um único bem restou à humanidade – a esperança.

[247] Pitança – mesada.

[248] Potestades – divindades, seres com poder absoluto.

Se a lei fundamental - *Constipação,*[249]
Faz papel de falaz camaleão,
E surgindo no tempo de eleições,
Aos patetas ilude, aos toleirões;
Se luzidos ministros, d'alta escolha,
Com jeito, também mascam *grossa rolha*;
E clamando que - são independentes -,
Em segredo recebem bons presentes:
É que o sábio, no Brasil, só quer lambança,
Onde possa empantufar a larga pança!

Se a Justiça, por ter olhos vendados,
É vendida por certos magistrados,
Que o pudor aferrando na gaveta,
Sustentam - que o Direito é pura peta;[250]
E se os altos poderes sociais
Toleram estas cenas imorais;
Se não mente o rifão[251], já mui sabido:
— Ladrão que muito furta é protegido —
É que o sábio, no Brasil, só quer lambança,
Onde possa empantufar a larga pança!

Se ardente campeão da liberdade,
Apregoa dos povos a igualdade,
Libelos[252] escrevendo formidáveis,
Com frases da peçonha impenetráveis;
Já do céu perscrutando alta eminência
Abandona os troféus da inteligência;
Ao som d'argem[253] se curva, qual vilão,
O nome vende, a glória, a posição:
É que o sábio, no Brasil, só quer lambança,
Onde possa empantufar a larga pança!

---

249 Constipação - usado como trocadilho de Constituição.
250 Peta - mentira, fraude.
251 Rifão - sentença popular, geralmente, de cunho moral.
252 Libelos - pequenos escritos acusatórios.
253 D'argem - provavelmente do francês *argent*: prata, dinheiro.

E se eu, que amigo sou da patuscada,
Pespego no leitor esta maçada;
Que já sendo avezado[254] ao sofrimento,
Bonachão se tem feito pachorrento;
Se por mais que me esforce contra o vício
Desmontar não consigo o artifício;
E quebrando a cabeça do leitor
De um tarelo[255] não passo, ou falador;
É que tudo que não cheira a pepineira
Logo tacham de maçante frioleira.[256]

---

254 Avezado – acostumado.
255 Tarelo – tagarela.
256 Frioleira – futilidade.

MOTE

E não pôde negar ser meu parente!

Sou nobre, e de linhagem sublimada,
Descendo em linha reta dos *Pegados,*[257]
Cuja lança feroz desbaratados
Fez tremer os guerreiros da Cruzada!

Minha mãe, que é de proa alcantilada[258],
Vem da raça dos reis mais afamados
– Blasonava[259] entre um bando de pasmados
Certo parvo de casta *amorenada.*

Eis que brada um peralta retumbante;
– Teu avô, que de cor era latente[260],
–Teve um neto mulato e mui pedante!

---

[257] Pegados – untados com pez (alcatrão), portanto, escuros, negros. O verso faz referência aos "malês" (palavra vinda de "imales" ou "muçulmanos" em iorubá). Estes eram escravizados muçulmanos originários do continente africano que protagonizaram a chamada Revolta dos Malês.

[258] Alcantilada – elevada.

[259] Blasonar – declarar com orgulho.

[260] Latente – oculto.

Irrita-se o fidalgo qual demente,
Trescala a vil catinga nauseante,
E não pôde negar ser meu parente!

PACOTILHA

Não ralhem, não façam bulha,
Que eu não sei se isto é pulha.
Polka

Se vive à janela
Moçoila gorducha,
Qual freira capucha,[261]
Mirando o janota;[262]
Fazendo trejeitos,
De lenço abanando,
O olho piscando –
É tola, idiota.

Se meiga donzela,
D'amor delirante,
Em lábias de amante
Segura se faz;
Põe fé no magano,
Lá cede um beijinho,
Mais outro abracinho –
Está no carcás[263]...

Se velha caduca,
De face rugosa,

---

[261] Capucha – capuchinha (de uma ordem mendicante).
[262] Janota – pessoa que se veste com apuro exagerado.
[263] Carcás – recipiente onde se levavam as setas.

Pretende ansiosa
Gentil namorado;
Com feias caretas
O dente arreganha,
Suspira, por manha –
É triste pecado.

E tendo na boca
Postiço teclado,
Com cera pegado,
Que joga e chocalha,
Das moças critica,
Com sanha de fúria,
Banindo a luxúria –
Não passa de gralha.

Se tolo basbaque,
Em prosa maçante
Julgando-se um Dante,
Se torna *poeta*;
Sem estro e sem tino,
De amor em furores,
Só fala das flores –
Precisa dieta.

E tendo na cara
Trombudo focinho,
Qual porco de espinho,
Se faz namorado;
Metido em funduras
Lá geme, e suspira,
Qual fero Timbira –
É asno chapado.

Se guapo marido,
Rapaz de bom gosto,
Vai pelo sol posto

Jogar seu pacau[264]
Deixando a *metade*,
Contente, alegrinho,
Não vê que o vizinho...
Coitado, é patau[265]!

Mas sendo avezado
À tal brincadeira,
Quindim[266], frioleira,[267]
Lhe chama - brejeiro -
Na frase do mundo
Não passa por tolo;
Tem fronte e miolo
De manso cordeiro.

Se trôpego velho,
De queixo caído,
Dengoso e rendido,
Com moça se liga:
Lá quando mal cuida
Na fronte lhe saltam,
Relevos que esmaltam,[268]
Em forma de espiga.

Se *rapa* o que pode
Finório empregado,
Campando[269] de honrado,
Cuidando que brilha;
Em dia aziago
Tropeça, baqueia,

---

[264] Pacau - jogo de cartas.
[265] Patau - ignorante.
[266] Quindim - delicado.
[267] Frioleira - tolo.
[268] Esmaltam - enfeitam.
[269] Campando - posando.

E vai, na cadeia,
Juntar-se à quadrilha.

Se impinge nobreza
Brutal vendilhão,
Que sendo *barão*
Já pensa que é gente;
Aqueles que o viram
Cebolas vendendo,
Vão sempre dizendo –
Que o lorpa[270] é demente.

Se em peitos que fervem
Infâmias tremendas,
Avultam comendas
E prêmios de honor;
É que, com dinheiro,
Os rudes cambetas[271]
Se levam das tretas
E mudam de *cor.*

Se fino larápio
De vícios coberto,
Com foros d'esperto,
De honrado se aclama;
É que a ladroeira,
Banindo o critério,
Firmou seu império
C'o gente de fama.

Se audaz rapinante,
Fidalgo ou barão,
Por ser figurão,
Triunfa da lei;

---

[270] Lorpa – imbecil.
[271] Cambetas – mancos.

É que há magistrados
Que empolgam presentes,
Fazendo inocentes
Os manos da grei.[272]

Mulato *esfolado*,
Que diz-se fidalgo,
Porque tem de galgo
O longo focinho;
Não perde a *catinga*,
De cheiro falece,[273]
Ainda que passe
Por bráseo cadinho.[274]

E se eu que *pretecio*[275]
D'Angola oriundo,
Alegre, jucundo,
Nos meus vou cortando;
É que não tolero
Falsários parentes,
Ferrarem-me os dentes,
Por brancos passando.

---

[272] Grei – conjunto de súditos.
[273] Falece – falaz, enganador.
[274] Cadinho – vaso refratário no qual se fundem metais em alta temperatura.
[275] Pretecio – referência a "ficar preto".

COLEIRINHO

Assim o escravo agrilhoado canta.

Tíbulo[276]

Canta, canta, coleirinho,
Canta, canta, o mal quebranta;
Canta, afoga mágoa tanta
Nessa voz de dor partida;
Chora, escravo, na gaiola
Terna esposa, o teu filhinho,
Que, sem pai, no agreste ninho,
Lá ficou sem ti, sem vida.

Quando a roxa aurora vinha
Manso e manso, além dos montes,
De ouro orlando os horizontes,
Matizando as crespas vagas,
–Junto ao filho, à meiga esposa
Docemente descantavas,
E na luz do sol banhavas
Finas penas – noutras plagas.

Hoje triste já não trinas,
Como outrora nos palmares;

---

[276] Álbio Tibulo (54 a.C.-19 a.C.) – poeta latino, autor de um famoso discurso laudatório dedicado a Marco Aurélio Messala Corvino, patrocinador da literatura romana.

Hoje, escravo, nos solares
Não te embala a dúlia[277] brisa;
Nem se casa aos teus gorjeios
O gemer das gotas alvas
– Pelas negras rochas calvas –
Da cascata que desliza.

Não te beija o filho tenro,
Não te inspira a fonte amena,
Nem da lua a luz serena
Vem teus ferros pratear.
Só de sombras carregado,
Da gaiola no poleiro
Vem o tredo[278] cativeiro,
Mágoas e prantos acordar.

Canta, canta, coleirinho,
Canta, canta, o mal quebranta;
Canta, afoga mágoa tanta
Nessa voz de dor partida;
Chora, escravo, na gaiola
Terna esposa, o teu filhinho,
Que sem pai, no agreste ninho,
Lá ficou sem ti, sem vida.

---

[277] Dúlia – amena.
[278] Tredo – traiçoeiro.

QUEM SOU EU?[279]

Quem sou eu? que importa quem?
Sou um trovador proscrito,
Que trago na fronte escrito
Esta palavra – "Ninguém!" –

A. E. Zaluar[280] – "Dores e Flores"

Amo o pobre, deixo o rico,
Vivo como o tico-tico;
Não me envolvo em torvelinho,
Vivo só no meu cantinho:
Da grandeza sempre longe
Como vive o pobre monge.
Tenho mui poucos amigos,
Porém bons, que são antigos,
Fujo sempre à hipocrisia,
À sandice, à fidalguia;
Das manadas de barões?
Anjo Bento, antes trovões.
Faço versos, não sou vate,
Digo muito disparate,
Mas só rendo obediência
À virtude, à inteligência:
Eis aqui o *Getulino*
Que no plectro[281] anda mofino.

---

279 "Quem sou eu?" – este poema ficou conhecido por "Bodarrada", referente a bode, que, na época, designava o mulato de pele escura.

280 A. E. Zaluar (1826-1882) – escritor, poeta e jornalista; nasceu em Lisboa, mas emigrou para o Brasil em 1850.

281 Plectro – inspiração.

Sei que é louco e que é pateta
Quem se mete a ser poeta;
Que no século das luzes,
Os birbantes[282] mais lapuzes,[283]
Compram negros e comendas,
Têm brasões, não – das calendas,[284]
E, com tretas e com furtos
Vão subindo a passos curtos;
Fazem grossa pepineira,
Só pela *arte do Vieira*[285],
E com jeito e proteções,
Galgam altas posições!
Mas eu sempre vigiando
Nessa súcia vou malhando
De tratantes, bem ou mal,
Com semblante festival.
Dou de rijo no pedante
De pílulas fabricante,
Que blasona arte divina,
Com sulfatos de quinina,
Trabuzanas,[286] xaropadas,
E mil outras patacoadas,
Que, sem pingo de rubor,
Diz a todos, que é DOUTOR!
Não tolero o magistrado,
Que do brio descuidado,
Vende a lei, trai a justiça,
– Faz a todos injustiça –
Com rigor deprime o pobre

---

282 Birbantes – vadios.

283 Lapuzes – homens grosseiros.

284 Calendas – primeiro dia do mês entre os romanos (donde *calendário*); popularizou-se a expressão "calendas gregas" para significar "nunca", visto que entre os gregos não existia essa denominação.

285 Vieira – referência ao Padre Vieira, autor de *Sermões*; famoso sermão de Vieira é *A arte de furtar.*

286 Trabuzanas – bebedeiras.

Presta abrigo ao rico, ao nobre,
E só acha horrendo crime
No mendigo, que deprime.
- Neste dou com dupla força.
Té que a manha perca ou torça.
Fujo às léguas do lojista,
Do beato e do sacrista -
Crocodilos disfarçados,
Que se fazem muito honrados
Mas que, tendo ocasião,
São mais feros que o leão.
Fujo ao cego lisonjeiro,
Que, qual ramo de salgueiro,
Maleável, sem firmeza,
Vive à lei da natureza;
Que, conforme sopra o vento,
Dá mil voltas num momento.
O que sou, e como penso,
Aqui vai com todo o senso,
Posto que já veja irados
Muitos lorpas enfunados,
Vomitando maldições
Contra as minhas reflexões.
Eu bem sei que sou qual grilo,
De maçante e mau estilo
E que os homens poderosos
Desta arenga receosos
Hão de chamar-me – tarelo,
Bode, negro, Mongibelo;[287]
Porém eu, que não me abalo,
Vou tangendo o meu badalo
Com repique impertinente,
Pondo a trote muita gente.
Se negro sou, ou sou bode
Pouco importa. O que isto pode?

---

[287] Mongibelo – referência ao vulcão Etna.

Bodes há de toda a casta,
Pois que a espécie é muito vasta...
Há cinzentos, há rajados,
Baios, pampas e malhados,
Bodes negros, *bodes brancos*,
E, sejamos todos francos,
Uns plebeus e outros nobres,
Bodes ricos, bodes pobres,
Bodes sábios, importantes,
E também alguns tratantes...
Aqui, nesta boa terra,
Marram[288] todos, tudo berra;
Nobres condes e duquesas,
Ricas damas e marquesas
Deputados, senadores,
Gentis-homens, veadores;[289]
Belas damas emproadas,
De nobreza empantufadas;
Repimpados principotes,
Orgulhosos fidalgotes,
Frades, bispos, cardeais,
Fanfarrões imperiais,
Gentes pobres, *nobres gentes*
Em todos há *meus parentes.*
Entre a brava *militança*
Fulge e brilha alta *bodança*;
Guardas, cabos, furriéis,
Brigadeiros, coronéis,
Destemidos marechais,
Rutilantes generais,
Capitães-de-mar-e-guerra,
– Tudo marra, tudo berra –
Na suprema eternidade,
Onde habita a divindade,

---

[288] Marram – atacam com chifres.
[289] Veadores – servidores da Corte.

Bodes há santificados,
Que por nós são adorados.
Entre o coro dos anjinhos
Também há muitos bodinhos. –
O amante de Siringa[290]
Tinha pelo e má catinga;
O deus Mendes,[291] pelas contas
Na cabeça tinha pontas;
Jove[292] quando foi menino,
Chupitou leite caprino;
E, segundo o antigo mito,
Também Fauno foi cabrito.
Nos domínios de Plutão,
Guarda um bode o Alcorão;
Nos lundus e nas modinhas
São cantadas as bodinhas:
Pois se todos têm *rabicho*,
Para que tanto capricho?
Haja paz, haja alegria,
Folgue e brinque a bodaria;
Cesse, pois, a matinada,
Porque tudo é *bodarrada*!

---

290 Amante de Siringa – referência a Pã, deus dos bosques, rebanhos e pastores, que tinha orelhas, chifres e pernas de bode em corpo humano e por isso foi rejeitado por Siringe, ninfa que habita as águas.

291 Deus Mendes – possivelmente uma referência a João Mendes de Almeida (1831-1898), jurista, jornalista e político (líder do Partido Conservador), que atuou à frente do movimento abolicionista e foi o principal redator da Lei do Ventre Livre.

292 Jove – Júpiter, deus romano do dia, do céu e do trovão.

QUE MUNDO É ESTE?

Que mundo? que mundo é este?
Do fundo seio d'est'alma
Eu vejo... que fria calma
Dos humanos na fereza![293]
Vejo o livre feito escravo
Pelas *leis* da prepotência;
Vejo a riqueza em demência
Postergando a natureza

Vejo o vício entronizado;
Vejo a virtude caída,
E de coroas cingida
A estátua fria do mal;
Vejo os traidores em chusma
Vendendo as almas impuras,
Remexendo as sepulturas
Por preço d'áureo metal.

Vejo fidalgos d'estopa,[294]
Ostentando os seus brasões,

[293] Fereza – ferocidade, crueldade.
[294] Estopa – a parte mais grosseira do linho.

Feio enxerto de dobrões[295]
Nos troncos da fidalguia;
Vejo este mundo às avessas,
Seguindo fatal derrota,
Enquanto farfante[296] arrota
Podres grandezas de um dia!

Brônzea estátua – o rico surdo
Aos tristes ais da pobreza
Amostra com vil rudeza
Uma burra[297] aferrolhada;
Manequim de estupidez
No orgulho vão da cobiça
Tem por divisa sediça[298]
– Alguns vinténs e mais nada.

O poder é só dos Cresos,[299]
A ciência é de encomenda;
Sem capital e sem renda,
Com pouco peso – o que val?
Talentos – palavrões ocos! –
Que nunca deixaram saldo;
Não há substância no caldo
Que não tempera o metal!

Sisudez... que feia máscara!
Isso é peste, isso é veneno!
Se é pobre, nasceu pequeno,
Quem aspira a posição?!
Não vê que é grande toleima

---

295 Dobrões – moedas portuguesas de ouro.
296 Farfante – fanfarrão.
297 Burra – caixa para transporte de valores.
298 Sediça (ant.) – rotineira.
299 Cresos – ricaços; referência a Creso (560 -546 a C), último rei da Lídia, famoso por sua riqueza.

Querer subir sem moeda,
Pois não escapa de queda
Quem teve um leito no chão!

Que se empertigue enfunado[300]
Algum sandeu[301] que traz marca...
Reparem que a bisca[302] embarca
Que leva à vela o batel[303]!
E o povo que o vê fulgindo
Com lantejoulas brilhantes
Não olha p'ra o que foi d'antes,
E nem lhe enxerga o xarel![304]

E o mais é que zune e grasna
O pateta aparvalhado!
Parece que é deputado
Os ministros fulminando;
Grita, berra, espinoteia,
Calunia, faz intriga,
Mas logo fala a barriga,
E vai a teta chupando!

Digam lá o que quiserem
Fale embora o maldizente;
Eu bem sei que tudo mente,
Sei que o mundo tem razão;
Se eu tivesse na algibeira
Alguns cobres, que ventura! –
Mudava o nome, a figura,
Ficava logo *barão*!

---

300 Enfunado – inflado, cheio de si.

301 Sandeu – pateta.

302 Bisca – tratante, patife.

303 Batel – embarcação pequena.

304 Xarel – mesmo que xairel, xale ou manta ordinária.

A CATIVA

Uma graça viva
Nos olhos lhe mora,
Para ser senhora
De quem é cativa.

Camões

Como era linda, meu Deus!
Não tinha da neve a cor,
Mas no moreno semblante
Brilhavam raios de amor.

Ledo[305] o rosto, o mais formoso,
De trigueira[306] coralina,[307]
De anjo a boca, os lábios breves
Cor de pálida cravina.[308]

Em carmim rubro engastados
Tinha os dentes cristalinos;
Doce a voz, qual nunca ouviram
Dúlios[309] bardos[310] matutinos.

Seus ingênuos pensamentos
São de amor juras constantes;

---

305 Ledo – risonho, contente.

306 Trigueira – morena.

307 Coralina – mesmo que cornalina: espécie de ágata, meio transparente, de cor variada.

308 Cravina – espécie de cravo, flor.

309 Dúlios – ver nota 277.

310 Bardos – poetas ou declamadores que recitavam acompanhados de lira ou harpa.

Entre a nuvem das pestanas
Tinha dois astros brilhantes.

As madeixas crespas, negras,
Sobre o seio lhe pendiam,
Onde os castos pomos de ouro
Amorosos se escondiam.

Tinha o colo acetinado
– Era o corpo uma pintura –
E no peito palpitante
Um sacrário de ternura.

Límpida alma – flor singela
Pelas brisas embalada,
Ao dormir d'alvas estrelas,
Ao nascer da madrugada.

Quis beijar-lhe as mãos divinas,
Afastou-mas – não consente;
A seus pés de rojo[311] pus-me
– Tanto pode o amor ardente!

Não te afastes lhe suplico,
És do meu peito rainha;
Não te afastes, neste peito
Tens um trono, mulatinha!...

Vi-lhe as pálpebras tremerem,
Como treme a flor louçã,[312]
Embalando as níveas gotas
Dos orvalhos da manhã.

---

[311] De rojo – de rastos.

[312] Louçã – cheia de frescor e brilho.

Qual na rama enlanguescida
Pudibunda[313] sensitiva,[314]
Suspirando ela murmura;
Ai, senhor, eu sou cativa!...

Deu-me as costas, foi-se embora
Qual da tarde do arrebol
Foge a sombra de uma nuvem
Ao cair da luz do sol.

313 Pudibunda – pudica, cheia de pudor.
314 Sensitiva – planta com folhas que se contraem quando tocadas, dormideira.

NOVO SORTIMENTO DE GORRAS PARA A GENTE DO GRANDE TOM

De repente, magoado
Da carapuça maldita,
Qual possesso, o pobre grita
Contra o fabricante ousado!
Debalde o artista, coitado,
Já de receio convulso
Quer provar que nobre impulso
O move, quando trabalha!
– A carapuça que talha
Ninguém crê ser feita avulso!

F. X. de Novais

Se estudante que vive à barba longa,[315]
Excedendo, no grito, uma araponga,[316]
Braveja contra o *fero despotismo*,
No lethes[317] sepultando o servilismo;
E depois quando chega a ser doutor,
Se transforma em sediço[318] adulador;
Permuta consciência por dinheiro,
E se faz, do governo, fraldiqueiro:[319]
Não te espantes, leitor, desta mudança,
São milagres da deusa da pitança.[320]

Se vires um tratante ou embusteiro,
Com tretas, iludindo ao mundo inteiro,

---

315 Viver à barba longa – viver regaladamente.
316 Araponga – ave de canto estridente.
317 Lethes – esquecimento.
318 Sediço – ver nota 298.
319 Fraldiqueiro – cãozinho acostumado a ficar no colo das damas.
320 Pitança – ração diária de víveres, quinhão, cota.

A todos atirando horrendo bote,
Sem haver quem o coce[321] a calabrote;[322]
Se vires o critério desprezado,
O torpe ratoneiro[323] empoleirado,
Orelhudos jumentos – de gravatas,
E homens de saber a quatro patas:
Não te espantes, leitor, da barbaria,
Que é deusa do Brasil, a bruxaria.
Se dormem de bolor encapotadas,
Roídas do gusano[324], esfarrapadas,
Nossas leis, sentinelas vigilantes,
D'empregados remissos[325] e tratantes;
Se o júri criminal, da nossa terra,
Postergando o direito, sempre aberra,[326]
Punindo com rigor pobres mofinos,[327]
E dando liberdade aos assassinos:
Chitão[328], pio[329] leitor, não digas nada –
A lei, cá no Brasil, é patacoada.

Se perluxo[330] e dengoso magarefe,[331]
Com passinhos de dança, *tefe-tefe*,[332]
Entre as damas pretende ser Cupido,
Mas, chupando[333] codilho[334], sai corrido;

---

[321] Coce – surre, sove.
[322] Calabrote – corda fina.
[323] Ratoneiro – gatuno, ladrãozinho.
[324] Gusano – verme que se cria na madeira e a corrói.
[325] Remissos – negligentes, descuidados.
[326] Aberra – desvia-se do que é normal.
[327] Mofinos – infelizes.
[328] Chitão – palavra usada para pedir silêncio; psiu!
[329] Pio – piedoso.
[330] Perluxo – vaidoso.
[331] Magarefe – velhaco.
[332] Tefe-tefe – aos pulinhos.
[333] Chupando – gastando.
[334] Codilho – logro.

Se um varão de coroa[335], digo, padre,
Por obra do *divino*, c'o a comadre,
Fabrica seu filhinho, por brinquedo,
Impinge no marido – psiu!... segredo!
É que sobre o sacrista mais constante
Imperam os decretos de Tonante.[336]

Se o pobre, do trabalho extenuado,
Num dia de prazer fica *monado;*[337]
E a ronda[338], que *tropeça e cambaleia*,
Encaixa o miserando na cadeia;
Se *fortes* brigadeiros, coronéis,
Habitam as tabernas, e hotéis;
A gente do bom-tom, os deputados,
Se *torram*[339] e não são encarcerados:
É que a *pinga*, entre nós, está vedada
Àqueles que não têm gola bordada.

Se o maçante orador, estuporado,
Ardente por chupar seu – apoiado,
Excita o apetite à parceirada
Com sediça modéstia enfumaçada;
E, depois, diz que a rosa tem perfume,
Que esvoaça de noite o vagalume,
Que o tabaco se toma pelas ventas,
E que as coisas benzidas ficam bentas:
É que a fofa sandice, os disparates,
Empanturram a casa dos orates.[340]

Se um tolo aparvalhado sem juízo,
Se arvora em literato, d'improviso,

---

[335] Coroa – referente à tonsura, corte redondo no topo da cabeça dos eclesiásticos.

[336] Tonante – Senhor dos céus, deus dos deuses, mesmo que Júpiter ou Zeus.

[337] Monado – bêbado.

[338] Ronda – serviço de inspeção de lugares púbicos.

[339] Torram – vendem-se por ninharia.

[340] Casa dos orates – hospício.

Arrota erudição – em pleno dia
Esbarra de nariz na ortografia;
E outros que nas letras são mofinos
Vão mostrando ao pateta os desatinos,
Curvando-se ao provérbio, mui sabido;
– *Que o farrapo se ri do descosido.*
É que os cegos não andam pelos nobres,
Mas seguros à mão dos outros pobres.

Se o homem que nasceu pra sapateiro,
E em direito, pretende ser *Guerreiro,*[341]
Sovelando[342] de rijo no *Lobão,*[343]
– Ferra o dente na velha *Ordenação;*[344]
Se o lorpa que nasceu para jumento,
Não tendo cinco réis de entendimento,
Banido da ciência, bestalhão,
Por força do dinheiro, sai barão:
É que a honra, a virtude, a inteligência,
Não passam de estultícia[345] ou vil demência.

Se erudito doutor, *filosofal,*
Querendo dar noções do animal,
Nos demonstra que a pata põe o ovo,
E dele brota o pinto, ainda novo;
Que segundo os regimes da natura,
Difere do cavalo na figura;
E metido entre a cruz e a caldeirinha
Vai dar co'a explicação lá na casinha;
É que o néscio chegou a sabichão
Por milagre da santa proteção.

---

[341] Guerreiro – José Antonio Guerreiro (1789-1834), magistrado e político português.
[342] Sovelando – furando.
[343] Lobão – Manuel de Almeida e Souza Lobão (1744-1817), famoso jurista português.
[344] Ordenação – compilação de costumes e leis.
[345] Estultícia – estupidez.

Se torto alambazado[346] palrador[347],
Mais tapado que *chucro*[348] *borrador,*[349]
Tosto[350] imbróglio[351] tecendo impertinente,
De camelo, que era, se faz gente;
E cansando os humanos com sandices,
Por verdades impinge parvoíces;
Já roncando saber, qual tempestade,
Ser nas letras pretende potestade[352],
É que o néscio, coitado, não trepida,
Sobre os ares formar pétrea guarida.

Se esquentado patola[353] às Musas dado,
Vai, a esmo, trovando sem cuidado,
E cedendo aos arroubos do talento,
Mais rápido se faz que o rijo vento;
E os polos devassando mui lampeiro,
Sustenta que Netuno[354] foi barbeiro;
Escrevendo tolices de pateta,
Consegue, sem o – Crisma[355] – ser poeta:
É que Apolo[356] sustenta bizarria,
E cavalos precisa à estrebaria.

Eu, que inimigo sou do fingimento,
Em prosa apoquentado sem talento,
Apenas soletrando o b-a-bá,

---

346 Alambazado – glutão.
347 Palrador – que palra; falador, tagarela.
348 Chucro – grosseiro.
349 Borrador – mau artista, mau escritor.
350 Tosto – tostado, escuro.
351 Imbroglio – confusão.
352 Potestade – potentado, ser supremo.
353 Patola – de pouca inteligência, tolo.
354 Netuno – deus dos mares e oceanos segundo a mitologia grega.
355 Crisma – confirmação.
356 Apolo – Segundo a mitologia grega, um dos maiores deuses do Olimpo, tido como bastante tolerante.

Empunho temeroso o *maracá*.
Não posso suportar fofos *Barões*,
Que trocam a virtude por dobrões;
Qual vespa, esvoaçando, atroz picante,
Com sátira mordaz, sempre flamante,
Picando, picarei por toda a parte,
Se a tanto me ajudar ferrão e arte.[357]

[357] "Se a tanto me ajudar ferrão e arte" – paródia do verso de *Os Lusíadas*, de Camões, "Se a tanto me ajudar engenho e arte".

MINHA MÃE[358]

Minha mãe era mui bela,
– Eu me lembro tanto dela,
De tudo quanto era seu!
Tenho em meu peito guardadas
Suas palavras sagradas
C'os risos que ela me deu.

Junqueira Freire[359]

Era mui bela e formosa,
Era a mais linda pretinha,
Da adusta[360] Líbia rainha,
E no Brasil pobre escrava!
Oh, que saudades que eu tenho
Dos seus mimosos carinhos,
Quando c'os tenros filhinhos
Ela sorrindo brincava.

Éramos dois – seus cuidados,
Sonhos de sua alma bela;
Ela a palmeira singela,
Na fulva[361] areia nascida.
Nos roliços braços de ébano[362].
De amor o fruto apertava,
E à nossa boca juntava
Um beijo seu, que era a vida.

---

358 "Minha mãe" – como consta na Carta a Lúcio de Mendonça (25/07/1880), Luiz Gama afirma: "dediquei-lhe os versos que com esta carta envio".

359 Junqueira Freire (1832-1855) – monge, sacerdote e poeta; pertenceu à terceira fase do Romantismo brasileiro, o ultrarromantismo.

360 Adusta – de temperatura bastante elevada.

361 Fulva – de cor amarelada.

362 Ébano – madeira de cor muito escura.

Quando o prazer entreabria
Seus lábios de roixo lírio,
Ela fingia o martírio
Nas trevas da solidão.
Os alvos dentes nevados.
Da liberdade eram mito,
No rosto a dor do aflito,
Negra a cor da escravidão.

Os olhos negros, altivos,
Dois astros eram luzentes;
Eram estrelas cadentes
Por corpo humano sustidas.
Foram espelhos brilhantes
Da nossa vida primeira,
Foram a luz derradeira
Das nossas crenças perdidas.

Tão terna como a saudade
No frio chão das campinas,
Tão meiga como as boninas[363]
Aos raios do sol de abril.
No gesto grave e sombria,
Como a vaga que flutua,
Plácida a mente – era a Lua
Refletindo em céus de anil.

Suave o gênio, qual rosa
Ao despontar da alvorada,
Quando treme enamorada
Ao sopro d'aura fagueira.[364]
Brandinha a voz sonorosa,
Sentida como a Rolinha,
Gemendo triste sozinha,
Ao som da aragem faceira.

---

[363] Boninas – tipo de flor, também conhecida por "maravilha".
[364] Fagueira – suave.

Escuro e ledo[365] o semblante,
De encantos sorria a fronte,
– Baça nuvem no horizonte
Das ondas surgindo à flor;
Tinha o coração de santa,
Era seu peito de arcanjo,
Mais pura n'alma que um anjo,
Aos pés de seu criador.

Se junto à cruz penitente,
A Deus orava contrita,
Tinha uma prece infinita
Como o dobrar do sineiro,
As lágrimas que brotavam,
Eram pérolas sentidas,
Dos lindos olhos vertidas
Na terra do cativeiro.

---

[365] Ledo – sorridente.

NO CEMITÉRIO DE S. BENEDITO, DA CIDADE DE S. PAULO

Também do escravo a humilde sepultura
Um gemido merece de saudade:
Ah caia sobre ela uma só lágrima
De gratidão ao menos.

Dr. B. Guimaraes[366]

Em lúgubre recinto escuro e frio,
Onde reina o silêncio aos mortos dado,
Entre quatro paredes descoradas,
Que o caprichoso luxo não adorna,
Jaz de terra coberto humano corpo,
Que escravo sucumbiu, livre nascendo!
Das hórridas cadeias desprendido,
Que só forjam sacrílegos tiranos,
Dorme o sono feliz da eternidade.

Não cercam a morada lutuosa[367]
Os salgueiros, os fúnebres ciprestes,
Nem lhe guarda os umbrais da sepultura
Pesada laje de espartano mármore,
Somente levantado em quadro negro
Epitáfio se lê, que impõe silêncio!
– Descansam neste lar caliginoso[368]
O mísero cativo, o desgraçado!...

---

366 B. Guimarães (1826-1882) – magistrado, jornalista, professor, escritor e poeta; ficou conhecido, sobretudo, pelo romance *A escrava Isaura*.

367 Lutuosa – fúnebre, lúgubre.

368 Caliginoso – tenebroso.

Aqui não vem rasteira a vil lisonja
Os feitos decantar da tirania,
Nem ofuscando a luz da sã verdade
Eleva o crime, perpetua a infâmia.

Aqui não se ergue altar ou trono d'ouro
Ao torpe mercador de carne humana.
Aqui se curva o filho respeitoso
Ante a lousa[369] materna, e o pranto em fio
Cai-lhe dos olhos revelando mudo
A história do passado. Aqui nas sombras
Da funda escuridão do horror eterno,
Dos braços de uma cruz pende o mistério,
Faz-se o cetro bordão, andrajo a túnica,
Mendigo o rei, o potentado escravo!

---

[369] Lousa – lápide funerária assentada sobre a sepultura.

MEUS AMORES[370]

Pretidão de amor,
Tão leda a figura,
Que a neve lhe jura,
Que mudara a cor.
Camões – "Endechas"

Meus amores são lindos, cor da noite
Recamada de estrelas rutilantes;
São formosa crioula, ou Tétis[371] negra,
Tem por olhos dois astros cintilantes.

Em rubentes[372] granadas[373] embutidas
Tem por dentes as pérolas mimosas,
Gotas de orvalho que o inverno gela
Nas breves pétalas de carmínea rosa.

Os braços torneados que alucinam,
Quando os move perluxa[374] com langor.[375]
A boca é roxo lírio abrindo a medo,
Dos lábios se destila o grato olor.

O colo de veludo Vênus bela
Trocara pelo seu, de inveja morta;

---

370 Publicado no *Diabo Coxo*, 3/9/1865, trata-se, provavelmente, do primeiro poema em homenagem à beleza da mulher negra.

371 Tétis – ninfa do mar segundo a mitologia grega.

372 Rubentes – de vermelho intenso.

373 Granadas – pedra semipreciosa de cor vermelho-escuro.

374 Perluxa – demora-se.

375 Langor – languidez.

Da cintura nos quebros[376] há luxúria
Que a filha de Cineras[377] não suporta.

A cabeça envolvida em núbia[378] trunfa,[379]
Os seios são dois globos a saltar;
A voz traduz lascívia que arrebata,
– É coisa de sentir, não de contar.

Quando a brisa veloz, por entre anáguas
Espaneja as cambraias escondidas,
Deixando ver aos olhos cobiçosos
As lisas pernas de ébano luzidas.

Santo embora, o mortal que a encontra para,
Da cabeça lhe foge o bento siso;[380]
Nervosa comoção as bragas[381] rompe-lhe,
E fica como Adão no paraíso.

Meus amores são lindos, cor da noite
Recamada de estrelas rutilantes;
São formosa crioula, ou Tétis negra,
Tem por olhos dois astros cintilantes.

Ao ver no chão tocar seus pés mimosos,
Calçando de cetim alvas chinelas,
Quisera ser a terra em que ela pisa,
Torná-las em colher, comer com elas.

---

[376] Quebros – meneios de corpo.

[377] Filha de Cineras – referência a Esmirna ou Mirra, da mitologia grega, filha de Cíniras, rei da Assíria, e mãe de Adônis, filho que teve de uma relação incestuosa com seu pai.

[378] Núbia – região situada no vale do rio Nilo, atualmente compreendida nos territórios do Egito e Sudão.

[379] Trunfa – espécie de turbante composto de faixa enrolada na cabeça.

[380] Siso – juízo, bom senso.

[381] Bragas – amarras, correntes.

São minguados os séculos para amá-la,
De gigante a estrutura não bastara,
De Marte[382] o coração, alma de Jove,[383]
Que um seu lascivo olhar tudo prostara.

Se a sorte caprichosa em vento, ao menos,
Me *quisesse tornar, depois de morto*;
Em bojuda fragata o corpo dela,
As saias em velame, a tumba em porto,

Como os Euros[384], zunindo dentre os mastros,
Eu quisera açoitar-lhe o pavilhão;
O velacho bolsar[385], bramir na proa,
Pela popa rojar, feito em tufão.

***

Dar cultos à beleza, amor aos peitos,
Sem vida que transponha a eternidade,
Bem mostra que a sandice estava em voga
Quando Uranus[386] gerou a humanidade.

Mas já que o fato iníquo[387] não consente,
Que amor, além da campa, faça vaza,[388]
Ornemos de Cupido as santas aras,[389]
Tu feita em fogareiro, eu feito em brasa.

Getulino

---

382 Marte – deus romano da guerra.
383 Jove – ou Júpiter, ver nota 292.
384 Euros – ventos que sopram do oriente.
385 Bolsar – formar bolsas, pregas.
386 Uranus – forma latinizada do grego Ouranós, Urano: divindade que personifica os céus.
387 Iníquo – mau, perverso.
388 Não se distingue bem se é "Faça vaza" ou "Faça raza". Se for "Faça vaza", assume o sentido de "tenha vazão".
389 Aras – altares.

